JN138208

幸せDNAをオンにするには

潜在意識を眠らせなさい

∞ishi ドクタードルフィン
松久 正

明窓出版

潜在意識を味方につけると、生きやすくなります。

でも、本当のところは、潜在意識をオフにすることで、
なりたい自分になれるのです。

これから愛と調和で融合の時代になるということを、
心からのお喜び様で迎え入れるタイミングがきています。

新しい生き方をする、新しい地球人が誕生するのです。

時代の変換を促進したいという願いを込めて、
日本から世界人類に向けて、本書を著しました。

目次

Part 1
潜在意識を味方につけるコツと、潜在意識を眠らせる新時代の方法

Part 2 人生を操る術

Part 3
ドクタードルフィンの封印解除！ 神と高次元存在がサポートする地球

Part 1

潜在意識を味方につけるコツと、潜在意識を眠らせる新時代の方法

壱岐ミッション〜モーゼの海開き（霊性開き）
——潜在意識を味方にする①——

２０１８年11月３〜５日にツアーを行った沖縄で、ミラクルな体験がありました。

その前にまずは、同年６月に長崎の壱岐に行ったときのことからお話しましょう。

壱岐は、南北17㎞、東西14㎞という小さな島ですが、祠（ほこら）まで合わせると２０００の神社があります。『魏志倭人伝』には、邪馬台国で、「一大國」が存在したと記されているそうです。

実は、ここ壱岐こそがまさに神々とつながる場所で、いわば地球で唯一、完全に天地人がつながっているエネルギーグリットなのです。

そして、実は神が生まれた場所でもあります。

そこで、月読がお休みになられていたこの地に、お目覚めいただくため行くことになったのです。

ところが、その前に終わらせねばならないミッションがありました。

壱岐には小島神社という、潮が引いたときにのみ参道が現れる神社があり、そこは日本のモン・サン・ミッシェルとも呼ばれています。

有名な観光地というわけではありませんが、とてもきれいなところです。

スサノオが祀られているその神社で、私がモーゼの海開き（霊性開き）を行うというお告げをいただいていたのです。

なぜなら、スサノオがそこに傷ついたまま眠っているせいで月読が封印されていたので、まずはスサノオを癒す必要があったからです。

天照はとてもお元気で、今もさまざまなお働きをされているのですが、これから月の時代、霊性の時代になるというのに、月読が封印されているというのは、世界にとって非常にマイナスなことでした。

まずは、スサノオの傷を癒す祈りをしました。

ドクタードルフィンツアー一行50名が同行していましたが、その日はあいにくの曇天でした。

海岸で、私が祈りながら海に手をかざすと、少し潮が引きました。かざして祈る度に潮が少しずつ引いていき、そのうちに海水でほぼ隠れていた小島神社までの参道が広くなり、堂々と渡ることができるようになったのです。

そこへ突然、ぴゅうと風が吹いて、スサノオが世にお出ましになりました。

私がお祈りを続けたことで、ほぼ同時に月読も開きました。

その存在を感じたところで、天気が一転して穏やかになったのです。

私は最近、高次元の存在たちがどのような形で出てくるのか、わかるようになりました。それらの映像を撮ると、半透明に映ります。

出現の仕方はいろいろあり、飛行機や、トンビや、ヘリコプターという形で現れます。クロアゲハや、ウグイスのときもありました。

人間を刺激しないような、自然な現れ方をするのです。

月読が開いたときには、超次元の飛行機が突然、現れました。

そして一瞬、木の葉の陰に隠れ、次にぱっと出てきたときには大きさが5倍になっているのです。普通は、そんなことはあり得ないですよね。

つまり、それはサインであり、高次元のエネルギーが、月読が開いたということを知らせているのです。

ピンクドルフィンがイルカの魂を癒す
——潜在意識を味方にする②——

実は、その出来事の直前に、フェリーで辰の島という無人島に行き、壱岐のイルカたちの封印も解きました。当初、辰の島に行く理由がわからなかったのですが、行ってみると、イルカの供養塔があったのです。

そこは、20年前まではイルカたちのパラダイスでした。エメラルドの海に白い砂浜がある湾で、イルカたちがとても幸せに暮らしていました。

ところがその頃、漁師たちが、不漁になったのがイルカのせいだとして害獣とみなし、駆除が必要だと、イルカを大量に捕獲して殺してしまったのです。海は、イルカの血で真っ赤に染まったといいます。

殺されたイルカたちの魂がそこに、悲しみと怒りで封印されていたのです。


私にも、750万年前にピンクドルフィンだったという過去世があります。

1000万年前に、イルカで地球にきたときは茶色でした。でも、サナトクマラに出会い、恋をしてピンクになったのです。

ですから、イルカには特別な思いがあります。

海岸で、ツアー一行で祈りを捧げました。


イルカ意識の封印解除が終わったとたん、やはり突風が吹いて天候が穏やかになりました。

そこから少し行くと、自然の形でイルカを囲ってあるイルカパークがありました。

イルカパークといっても、普段は、地元の人でもイルカはなかなか見られないそうです。

しかも、見られたとしてもせいぜい1頭がちょこっと顔を出している程度で、それでもラッキーというくらいらしいのです。

ところがそのときは、私たちの目の前で、数頭が連続で乱れ舞いをしたのです。

ジャンプにつぐジャンプ、楽しそうに、何回も、ありがとう、というように。

イルカの封印を解いて、スサノオを癒して、月読にお出ましいただいた後、山梨の、水晶をご神体とする神社で、水晶の封印を解きました。

私が水晶に手を当てると、その水晶がプラズマのように光り、水晶の封印が解けたのです。

アルクトゥルスからのミッション〜霊性レムリアはピンクゴールドの光—潜在意識を味方にする③—

さて、いよいよ、沖縄の西表島（いりおもてじま）でのお話です。

アルクトゥルスからのミッションとして、やはりツアーで行きました。

実は、今回の一連の流れの中で、アルクトゥルスとシリウスのエネルギーが、とても支援してくれています。

シリウスにはどうやら、『ドクタードルフィン・シリウス医師団』というのが形成されているらしく、無数のエネルギー体である医師たちが、私が活動するときに常にサポートに入ってきます。

アルクトゥルスも、シリウスに協力している共同体なので、そちらでも現在、私をすごくサポートしてくれています。

アルクトゥルスのメッセージは、ある流れで私に届きます。

そして、西表島へ行けと、不思議なメッセージを受けとりました。

最初、そのメッセージが何を言っているのかわかりませんでしたが、よく感じると西表島へ行けということだと理解できて、その理由も、だんだんとわかってきました。

それは、レムリアの封印を解くためだったのです。

私がその封印を解くことで、霊性時代に必要な愛と調和のエネルギーが再興して、世に出てくるということでした。

そしてその頃から、太古の昔、私がレムリアの女王だったこともわかり始めました。

少し前までは、シャスタやハワイがレムリアの大元でした。

ところが、少し前から西表島が大元になったのです。

西表島の仲間川の川下りでは、クルーザーを貸し切りました。マングローブを見るのが目的の観光船です。普段は、川の水かさがあってマングローブの根もわずかしか見えないと言います。

ところが、船頭さんがびっくりしたくらい、その日は水位がとても低かったのです。こんなことは年に1回あるかないか、もしかすると数年に1回ではないかということでした。

実は、「私が行くと、必ずレムリアの島が上がってくるよ」と私は予言していました。

沈んでいたレムリアのエネルギーが上がってくるので、島も一緒に上がってくると。

そして、そのとおりになりました。島自体が上がったから、当然、水かさは減るわけです。ですから、船も何とか進めるような状態でした。

本当は、そのとき台風が来る予定だったのですが、案の定、よけていきました。

壱岐のときもそうでしたが、私が行くと台風は必ずよけてくれるのです。

私が船の前方に立って、ワークをしました。

すると、封印されていたレムリアの光の戦士や女神という光の存在たちが、水面から浮かび上がってきました。

太陽はほとんど照っていなかったのに、浮かび上がった光はキラキラと優しく輝いていました。

その色は最初はゴールドでしたが、次第にピンクゴールドに変わりました。高次元のＤＮＡコードのピンクゴールドです。


地球の霊性を担うのは、霊性レムリアのエネルギーです。

よくいわれるレムリアのエネルギーはゴールドで、癒しを担う物性レムリアですが、霊性レムリアはピンクゴールドで、調和のエネルギーです。

ピンクゴールドの光は、どう見ても水面の反射ではなく、水の上に浮き出ているエネルギーでした。水面の上にふわっと出てきて、ずっと光っているのです。

そして、場所を移動しても、付いてきました。

このピンクゴールドの光には、みんなでとても感激しました。

神とは何か

その夜、ホテルの外の砂浜で、空を見ていました。

すると、私のカメラで撮る動画にだけ、たくさんのレムリアの光たちが白く映っているのです。他の人のカメラには、不思議と映っていません。

そして、私の動画では、光たちの中を、宇宙船のような飛行体が、たくさん飛び交っていました。

それではと写真でも撮ってみたのですが、宇宙飛行体が映るだけです。

レムリアのエネルギーは軽いので、写真では捉えられないのでしょう。

私は、『神と集合意識』をテーマとして、先行きに本を出す予定で、今は一連の封印解きをしています。

霊性時代に必要なことを、今、お役目として行っているのです。

皆さんは、人間や社会を変えようとしますが、それですと、地球は永久に変わりません。または、うまくいっても、多大な時間を要してしまいます。

人間とは、超高次元のある地点（私はその地点を「ゼロポイント」と呼んでいます）から発生する、右らせんのエネルギーそのものです。

われわれには、1人ひとりの宇宙というものがありますが、ゼロポイントと私たちの間のところ、みんなの集合意識が重なったところに、神という存在があるのです。

神というのは、集合意識の塊。集合意識、イコール神なのです。

だからその神、例えばキリストを信じている人、意識している人は、その集合意識へ入るわけです。仏陀を信じている人は、仏陀のエネルギーへ入ります。

エンジェルでも、アセンデッドマスターでも、どんな神でも、人々が信じる意識の集合体というエネルギーなので、それぞれの大元の神の意識を変えれば、そこにある集合意識はゼロ秒で変わります。

ところが、実際に集合意識を変えようとすると、非常に長い時間がかかります。

ですから、全体のエネルギー、つまり神の意識を味方に付けることは、集合意識を味方に付けることです。

しかし、神、イコール、集合意識よりも強力なのが、皆さんの宇宙の意識である超潜在意識です。

人間が持つ三つの意識

集合意識というのは、いわゆる潜在意識です。

本書で、一番大事な知識をまずは述べますと、人間には、三つの意識があるということです。

一つめは顕在意識。二つめは潜在意識。三つめは「超潜在意識」、イコール、宇宙意識ですね。

人間が生まれてから、親、兄弟といった家族、学校、社会からの知識、情報をもとに作られた常識と固定観念のことを、私は顕在意識と呼んでいます。

顕在意識は、宇宙の叡智とつながることを邪魔することが多いのです。

だから、人々はよく瞑想をしたり、なんらかのワークなどに無我夢中になったりします。

顕在意識を眠らせるテクニックを知り、日常でも自然にそうしたことをするようになっています。

大事なことを成し遂げようとか、エネルギーをアップさせようとするときに、雑念を払う良い方法ともいえます。

一方で、潜在意識というのは、脳では感じていないものですね。

ここで、潜在意識について説明しましょう。

まずは、生命の始まりという瞬間が、今、この瞬間にもあることを理解してください。

大昔というのは、今、ここにもあるのです。

ある瞬間に、エネルギーの超素粒子という、素粒子よりも小さい粒子が渦を巻きました。

これが、生命の始まりです。

それの持つエネルギーは無限大ヘルツであり、数字では表せません。大元のエネルギーは、それくらい高いのです。

例えば、何Kヘルツ、何億ヘルツなどと表現できるものは、すでに低次元なのです。大元のエネルギーにあてはまる数字はありません。

では、それがいつ生まれたかというと、今です。

なぜなら、そこには時間も存在しないのですから、今、ここしかないのです。

場所はどこかというと、ここです。

これが、真実です。

地球人の感覚ではすぐに、いつ、どこで、どういうふうに、などが知りたくなるようですね。けれども、そうしたことを知る必要は、ありません。そもそも、そんなものはないのですから。

無限大のものがエネルギーを落として、四方八方、３６０度に飛び散りました。

そして、無数のパラレルワールドを作ったのです。

一切を含める自分宇宙

『多次元パラレル自分宇宙』（徳間書店）という拙著では、ある一瞬において、同時に自分が体験していない自分が存在するということを説きました。

そうした自分を包括したものを、自分宇宙といいます。

ゼロポイントから始まって、全てのシナリオを含んでいる、時間のパラレルも、空間のパラレルも、次元のパラレルも含んでいるもの。

今、ここを接点にして、全てを含めたものが自分宇宙であり、それが自分の生命です。

そこには、他の物質のエネルギーはなく、微生物1匹たりともいません。

それを、認識していただきたいのです。

自分宇宙には、自分の生命の意識だけがあります。それが、超潜在意識です。


では、集合意識とは何かというと、自分宇宙以外のことです。

つまり、自分以外の人間、動物、昆虫、微生物、そして植物。有機物に限らず、石、土など、全てのものたちのエネルギー、意識。

それらが集まって、集合意識になるわけですね。

微生物の集合意識なんて、相当に強いです。実際に、人間の集合意識よりも強いのです。絶対的に数が違いますから。
人間から微生物や石まで、あらゆる全てを合わせた集合意識には、過去も、超古代も、未来も、また、あらゆる次元のものも含まれますが、今の次元のエネルギーが、一番強く作用します。

イルカの封印を解くために行った、長崎の壱岐では、こんなエピソードもありました。
ツアー一行で向かった辰の島ですが、まずは私たちがその日の最初に上陸しました。
すると、無人島のはずなのに、砂浜に誰かがいるのです。
それはなんと、私が仲良しのデューク更家さんでした。
しかしそのとき、彼は確かに大阪にいたのです。
後で聞くと、彼は壱岐に行っている私のことが気になっていたとのことでした。
それで、パラレルセルフで島にやって来たのです。

エネルギー体で平行して現れる人はおおぜいいますが、彼は完全に物質として現れました。

写真も撮ったのですが、それをご本人に見せたら、

「これ、俺だ。この帽子は俺しか持ってないやつだ」とおっしゃいました。

お弟子さんたちも、「完全に師匠だ」と言っていました。

こういうことが、私の日常では当たり前に起こっています。

時間軸も空間軸も、次元の違うパラレルも、全部含まれているのが集合意識です。

世間の集合意識は、地球の社会というのはこういうものだと決めつけてしまっています。

こんなことが起こるわけないとか、こんなのは無理だとか、こうあるべきだとか、こうするべきだとかいう、常識と固定観念がありますよね。

空を飛べないというのもそうです。本当は飛べます。飛べないという集合意識がなければ、意識体として飛べます。

100メートル走で、人間は8秒台では絶対に走れないと思っているから走れません。それもできるという集合意識になれば、7秒台でも6秒台でもいけるのです。

300歳まで生きられると集合意識が変化したら、実際に300歳まで生きられます。100歳ちょっとまでがせいぜいの寿命だと意識しているから、生きられないのです。

そういう集合意識というものに影響された自分宇宙が影響されてしまうのが、潜在意識のエネルギーです。

マーフィーやカーネギーの理論で潜在意識は変えられたか？

今までの思想家というと、代表的な人はマーフィーやカーネギーでしょうか。

それらの哲学的な考えにも、実は潜在意識が絡んでいます。

潜在意識の世界では、個人の意識よりも、集合意識のほうが断然パワーが強いのです。

なぜかというと、絶対数が違うからです。

自分が可能だと思っても、集合意識が不可能だと思っていると、相当自分を強く持っていないとぶれが生じます。

信じ込むのに必要な振動数を、高い水準で保てる能力がないと負けてしまうので、結果、無理、できなかったということになるわけです。

逆に、潜在意識が絶対できると思ったら、実際にできるというのが、マーフィーやカーネギーの理論です。

でも、皆さん、潜在意識を根本から変えようとしても、あまりうまくいかなかったと思います。

もし、マーフィーやカーネギーの理論を実践できていたなら、現代社会はもっと変わっていたはずです。

つまり、うまくいっていない人がほとんどなのです。

それは、潜在意識がどういうふうに成り立っているのかを、理解していないからです。

このことは、誰も本に書いていません。

私の考えでは、潜在意識というのは、集合意識から影響を受けた自分が有する知識や情報のことをいいます。つまり、こうだと思わされている意識のことです。

よく本に書いてある「潜在意識を変えて、自分はできると思いなさい。できる自分を思い描きなさい」ということに取り組んできた人は多いことでしょう。

これは、ある程度はうまくいきますが、日常の中で気を抜いたり、自分のエネルギーが疲れてくると、結局は、集合意識に飲み込まれてしまうのです。

集合意識、イコール、潜在意識になってしまう。潜在意識というのは、あるところまでしかいけないわけです。

企業がよく設定するプロセスとゴールもそうで、ゴールを決めたらそこまでしか行けません。

宇宙旅行にしても、月まで行けたら万々歳だとか、それ以上遠くには人の力ではまだ行けないとか、他の星には人はなかなか住めないとかいわれていますが、本当はどんなに遠くにでも行けるし、住めます。

人が行ったり住んだりしているパラレルがあるので、そこに移動すればいいだけなのです。

潜在意識とパラレルワールド

本当はなんでもできるのに、できないという社会になっているのは、集合意識がそう設定してしまっているからです。

潜在意識を変えようとしても、集合意識に飲み込まれてしまう……、その問題を打破するには、一体どうしたらいいのでしょうか。

『多次元パラレル自分宇宙』にも書きましたが、松果体のポータルは、「超潜在意識」でゼロポイントから作られている自分のエネルギーとつながっています。松果体のポータルは、シリコンホールともいうのですが、それが開くと、自分に必要な無限大の知識と情報を授けてくれるのです。そこから、宇宙の叡智を取り入れるのです。

実は、このシリコンホールには無数のパラレルが存在しています。

例えば、今の自分の状況がどうであれ、億万長者である自分だとか、宇宙人の自分だとか、植物である自分だとか、微生物である自分などが、同時に存在しているのです。

そのパラレルの中から、望む自分を選ぶことができます。どのように選ぶかというと、目標を設定して完全になり切ることです。すると、ポータルが開いて入れます。

一般的には、すぐに、そんなことはあり得ないと考えて、ポータルの入口で戻ってきてしまいます。

ところが、唯一、それに成功するのが夢の中なのです。夢は、潜在意識を眠らせるからです。潜在意識が薄まっていれば、パラレルに入れるのです。


例えば、自分が蝶になって飛んでいるとか、別人になっているようなパラレルに入ることがあります。

それなのに、目覚めたときに、これは夢だったのだと一気に現実に戻してしまいます。

でも、実はそれは、実在するエネルギーの世界なのです。


シリコンホールを使えば、テレポテーションだってできます。

飛行機がバミューダトライアングルで消えるのも、そこの海底に水晶がたくさんあり、その上空に、目に見えない高次元の空間シリコンホールという域があるため、そこに入ると異次元に行きます。

消息をたったマレーシア航空の飛行機も、同様な空間シリコンホールから、異次元に行っているに違いありません。

プロセスもゴールもない

シリコンホールのパラレルに入れば、望む自分になれます。

「絵の才能はないけれども、世界的に有名な画家になりたい」と思った場合、世界的に有名な画家になっている自分は、すでに同時に、パラレルで存在するわけです。

誰からも絵が下手くそだと言われ、学校の美術での評価も低かったし、コンテストに出しても入選できたことはないけれど、「今までは、社会が付いてこられなかっただけなんだ。

自分には、絵で人の魂を揺さぶる能力があるんだ」と設定した瞬間に、有名な画家になっているのです。

そのパラレルへ行くことを自ら選んだら一瞬にしてなれるのに、どうしてほとんどの人はそうなれないのでしょう。

それは、「自分は画家だ」と決めたとしても、周りの人、つまり集合意識が認めないからです。

私は画家になったのに、誰もが私に今までと同じように接して、絵は下手だというし、売れもせず、お金も入ってこない、となるわけです。

今、同時存在する私のパラレル、場である高次元シリウスBでは、想いはその場で実現します。私は、想った瞬間、実現しているということを体験的に知っているのです。

シリウスBとは私の故郷であり、水晶の珪素エネルギーで構成されている半霊半物質の高次元環境です。

そこは、フリーエネルギーを自由に操作でき、反重力で、時間・空間もない愛と調和に満ちた世界なのです。

しかし、地球は次元エネルギーが低いから、時間軸があり、空間枠があります。

そうした低い次元だと、集合意識の影響を強く受けてしまいます。

次元の高いシリウスやアルクトゥルスでは、集合意識の影響はほとんど受けません。

地球では、たとえパラレル変換しようとしても、多くの場合、プロセスが生じてしまいます。

そういうときには、今までやってきたやり方、例えばビジネス書や自己啓発本で仕入れた情報や人生哲学とか、コーチングで教えてもらったやり方ではダメなのです。

1人ずつ全くシナリオは違うので、絶対にこうなる、という世界はありません。

これまでの指導者は、低い次元の世界しか知らなかったのです。

これまでのやり方ではダメなのです。

ゴールを設けたとたん、それ以上は飛び越えられなくなります。、私、ドクタードルフィンが提唱する世界には、プロセスもゴールもありません。

ゼロ秒で変換する世界です。高次元の秘密はゼロ秒です。

その中にプロセスは存在しないのですが、ただ、地球にいるからプロセスがあるように感じるだけです。

非常識で生きるテクニック―潜在意識を書き換える―

地球人の魂は、なぜこの制約が多い地球にわざわざやってきているのでしょうか。

それはみんな、進化・成長するために、地球にもがきに来ているのです。

もがくのがわかっていて、あえてそうするために来たということを、忘れているだけです。

今の地球では、有名な画家になっているというポータルに入るのに時間はかかりますが、ぶれたらダメです。

なにを言われてもぶれることなく、完全に画家のつもりでいたら、「あなたの絵、よく見るとうまいですね」とか「個展をやらないか」とか言われるようになります。「出資する」とか「絵を売ってくれ」という人が出てきたりします。

地球では、そうした変化はじょじょに起こるのです。

そうなってきたときは、今、パラレルに乗っていることを感じて、そのまま行くことです。

緩く目標を持って、うぬぼれて、なり切るのがいいのです。

緩くと言っているのは、絶対にこうじゃないといけないとガチって考えると、ダメになりがちだからです。

シナリオは、常に変わるので緩く「ぷある」。

私が提案する「ぷある」とは、本当の自分につながり、楽で愉しく生きること。

「これでいいのだ」と全てを受け入れ、何事にも影響されず、今の自分だけが存在しているという感覚です。

緩く目標を持ってぷあっていたら、必ずそこに行けます。

うまく回りだしたら、

「自分は今、パラレルに入ったんだ。有名な画家になってる世界にいるんだ」と信じ切ることです。

ここは地球なのでプロセスがありますが、それも愉しんで、あるとき気がつくと、いつの間にか本当に有名な画家になっているわけです。

「有名な画家である自分」を選ぶと、周りが変わってきて、あなたを盛り上げるようになります。

これが、集合意識を書き換えたということです。

集合意識が変わったら、簡単にパラレルに定着しやすくなって、その状態が一気に現実化します。

他に、例えば学校の受験もそうですね。模擬試験があって、自身の偏差値を知らされる、その偏差値は集合意識、潜在意識なのです。

おおぜいの受験生の平均点が出て、自分はそれよりも高いとか低いとかで一喜一憂する、行きたい大学の合格可能性判定基準と照らして自分の点を考えると、入れる、入れないと判断する。

潜在意識の典型例で、本当は、模擬試験は単にそのときのエネルギーが作用したものであって、実際に受験するときのエネルギーとは全く別物です。問題ももちろん違うし、自分の状態も違います。

模擬試験の判定をうのみにして、希望大学のレベルを落としたりしますが、本当は人には無限の可能性があるのです。

パラレル自分宇宙では、どんなに高いレベルの大学にだって受かるんだと、上手に潜在意識を捨てられると、すごくいい波に乗れます。

他の例では、自分には小さい子どもがいて、面倒を見ないといけないから大きい仕事はできないとか、自分の好きなことはお預けと思っているお母さんが多いようです。

これも、小さい子どもがいるのに好きなことをやっていたら、ダメな母親と思われるという、世間体の集合意識、潜在意識なんですね。

本当は、これをやったらすごく愉しいと思ったら、やっちゃえばいいんです。

親や施設に預けて自分のしたいことをしたら、確かに子どもと過ごす時間は減りますが、時間の長短ではないのです。短い時間でも、愛をフルに注げばいいわけです。

それに、自分が楽で愉しくということをしていたら、親がつまらない状態でいるよりは、子どもも喜びます。

潜在意識は眠らせなさい――潜在意識を眠らせる①――

以上が一つの方法ですが、これはまだ低い次元のやり方で、本当は、潜在意識は全部眠らせたほうがいいのです。

自分だけに必要な知識、情報が無限大に降り注ぐのが、私が言う「超潜在意識」ですが、「超潜在意識」を活性化させるにはどのようにすれば一番いいかというと、潜在意識を完全に眠らせることなのです。

私が一番推奨するのは、世間がどう思おうと、どう反応しようと、「そんなのどうでもいい」と思うことです。

これまでは、世間の反応を見て、自分自身のことも評価していました。

でも、それをもう止める、たとえ世間が自分をクズ呼ばわりしても、能力がないと言ってもかまわない、炎上しても叩かれてもいいんだと思うことです。

ただ、自分はもうポータルを開いていて、必要な全ての知識と情報が降り注いでいるとするのです。必ず、しかるべきタイミングのときに、ベストが実現するということを知ること。

「そうなる」のではなく「知っている」。

宇宙の原理でいえば、「なる」のではなく、そうであることを知っていればいいだけなのです。

例えば、先ほどの、じょじょに集合意識を変えていくやり方では時間がかかりますね。

地球の時間軸に乗ることになって、そのプロセスも面倒くさいです。

私は、３分歩くのも嫌なくらいの面倒くさがり屋なので、思ったことは目の前ですぐに実現させたいのです。

私がよく言っている、「地球人のパンツを脱ぐ」とか、「脳をポイする」というのは、潜在意識を捨てる、集合意識を捨てるという意味です。

常識と固定観念を捨てて、「地球人のパンツを脱いで脳ポイ」しましょう。

ただし、脳をポイといっても、本当に全てをポイするのではなく、余計な情報や潜在意識、集合意識を、いったん捨てなさいという意味です。

全部捨ててしまうと、街中をパンツもはかないで歩くような人間になってしまって、地球社会に適合できなくなります。

だから、生活に必要なぎりぎりの脳だけは残しておいて、他は捨てていくということです。

そこのところをきちんと理解した上で、現状では、「潜在意識がさまざまに邪魔をしていて、それがなければ宇宙の意識とつながれる」ということを知って欲しいわけです。

松果体の役割――潜在意識を眠らせる②――

さて、松果体は、脳の真ん中にあります。

松ぼっくりのような形で、大きさは7、8ミリです。左右、二つになっていて、それぞれ機能が分かれています。

今は退化していますが、新しい地球社会ではこれから活性化していきます（これについては、『松果体革命』〈ナチュラルスピリット〉に詳しく書きました）。


エジプトの神々の中で最も古く、最も偉大で多様化した、天空と太陽の神であるホルス神、そのホルスの右目はポジティブの松果体を表していて、『ラーの目』と呼ばれ、宇宙の意識（超潜在意識）とつながっています。

一方、左目は『ウジャトの目』と呼ばれ、ネガティブの松果体を表し、潜在意識、集合意識とつながっています。

ホルスの左目をさんざん利用してきたのが、陰謀論でよく言われる、フリーメイソン、イルミナティですね。

彼らは頭が良くて、人を支配するためには潜在意識、集合意識を操ればいいということを知っていました。

「自分には能力がない」「何かに従っているのが楽だし確実だ」という考えを植え付けて、自分たちに従うことが安全に幸せに暮らせる方法だという幻想を抱かせました。

本来、自由である人間の姿と逆の方向に作り上げたのです。

これは、松果体の左側を使ってなせる技です。

脳というのは、表面に新しくできた新皮質というところに、生まれてこのかた、親、兄弟などの家族、学校、社会から教わってきた知識、情報による常識や固定観念が入っています。

潜在意識と集合意識は、海馬に入っています。海馬というのは左右にあって、タツノオトシゴの形をしている原始脳で、昔から人体にあるものです。

その、昔からある脳は強力で、根源的なものを持っているのです。だから、いろんな記憶もあり、集合意識とも連携しています。

そこが、非常に邪魔をするわけです。

新皮質にある顕在意識と、海馬にある潜在意識。この二つとも、左の松果体『ウジャトの目』に入っています。

一方、右の松果体『ラーの目』は、宇宙の叡智とつながっているのです。けれども、地球で生きていると、蓄積されている知識と情報の影響を受けますので、エネルギーが落ちて乱れます。その乱れを修正するために、『松果体革命』を書きました。

人生のシナリオの書き換え―潜在意識を眠らせる③―

人はわざと、問題を選んで持っています。

それが地球の人間の生命のあり方で、そのときに必要な知識と情報も全部、本来は右の松果体という窓を通して、宇宙の叡智として下りてくるのです。

この宇宙の叡智だけで生きていたらどういう状態になるかというと、今、ここが常に完璧で、自分が存在しているというだけで、１００パーセントの幸せを感じられます。

愛と、喜びと、調和で満たされ、何も要らない、このままでいい、未来も過去もずっとこのままという感覚。

これが、「超潜在意識」だけで生きている生命体の感覚です。

潜在意識が入るから、不安、恐怖、怒りや不満、愛の欠乏などを感じ、自分が不完全だと思ってしまうのです。だから、潜在意識は邪魔なのです。

今までのやり方、例えばマーフィーの引き寄せの法則のように、望みを毎日書いたり意識したりしていると、いつの間にか周りが「あの人は変わってきた」と言い出すようになります。これが、潜在意識を活性化しろ、イコール、集合意識を味方に付けろということです。

でも、なぜ極みまで達成できないかというと、人はそこまで辛抱できないからです。

集合意識が、自分の望むように形成されるまで我慢できずに、途中で断念してしまう。

ですから、そのやり方でもいいけれど、もっと簡単な方法がありますよ、とお伝えしたいのです。

本書では、違うルートを示しています。

ゆっくりでもいい、プロセスも楽しみたい、という人は、そのまま進んでいただいてよいのですが、私のように面倒くさがりで一気に実現させたい人は、少々高いレベルにまで付いてきていただきたいのです。

それには、次のようなやり方があります。

まず、ポータルが開かないと、「超潜在意識」は入ってきません。「超潜在意識」は、神経を伝わって全ての細胞に届き、ＤＮＡにある、人生や身体の情報を修正していきます。

つまり、うまくその人の人生のシナリオを促進させるのです。

ところがそのときに、『ウジャトの目』から顕在意識と潜在意識が入ってくると、ポータルが閉じてしまうという性質があります。

前述のように松果体には右と左があって、左が閉じていれば、右が全開になるのです。いつでも全開です。

常に宇宙の叡智で生きることになるので、何も要りません。今以外、自分以外は、何も要らない状態です。

左の松果体が働くために、物欲が出たり、権力欲が出たり、問題を起こしがちなさまざまな欲望が出てくるわけです。

「超潜在意識」だけであれば、自分が愛そのものだと認識しているので、愛情を欲することもありません。

でも、潜在意識は、自分そのものが愛だとは思えない、だから愛を欲しがるのです。

つまり、潜在意識は宇宙の叡智の流入を閉じてしまうので、潜在意識を宿す脳をポイしなさいということです。

これが、究極の望みを実現させる方法です。

最高レベルの幸せを手に入れる――潜在意識を眠らせる④――

潜在意識を利用するとはどういうことなのかを、もう少し宇宙エネルギー的に説明しましょう。

生命体はどういうときに、最高レベルで幸せを感じるかわかりますか？

それは、ゼロポイントでできた、多次元の全ての自分を含んだシャボン玉、つまり自分の宇宙に、自分だけが存在している、ということを受け入れ、それを感じられるときです。

自分だけのエネルギーで存在している、それが幸せなのですが、他者の宇宙というのも存在します。

例えば、家族の場合、シャボン玉同士が重なり合っている部分があるのです。たまに会う人は、くっついたり離れたりします。ごくまれに会うだけの人は、ちょっと接するだけです。会わない人同士のシャボン玉は離れています。

このように、実際は他の生命体のシャボン玉宇宙も、自分のシャボン玉宇宙の中に重なったり、接したりすることを受け入れているのだということを、理解する必要があります。


けれども本当は、自分しかいない状態が一番幸せであり、宇宙の叡智とつながった状態なのです。

例えば、健康状態を含め、自分の状況が、自分だけの世界では成り立たなくなったときのことを想像してみてください。

この場合、人の助けが必要になり、何かサポートを受けないとダメだとか、アドバイスやヘルプが必要だとなるわけです。

それは、自分の宇宙のシャボン玉と、その人たちのシャボン玉が同一という考えです。

その人たちが本当に優しくしてくれて、いつもうまくいっていればいいですが、裏切られたり、自分の期待どおりでなかった場合、感情や生活は、よけいに乱れてしまいます。

本当は、自分の宇宙の叡智や高次元のエネルギーだけで、全てのDNAを書き換えることができ、自分の人生も身体も自由自在になるのです。

でも、あえて、そうではない、低い次元のレベルで自分を変えようとするわけですから、いろいろと限界がありますよね。

本来の魂は、ぜいたくな、本当の大元を知っています。

自分がどんなに最高だったか、自由で楽で愉しかったかを知っています。

私が言うところの、ぷある、ぷあぷあの状態を知っているので、そうでない今の状況にあまんじていたとしても、本当はもっとぷあっていたいという欲望が出てきます。

だから、自分以外の人を絡ませた生き方、つまり集合意識を絡ませた、潜在意識に影響された生き方では、永遠に真の幸せにはなれないということです。

自分宇宙の中にいるのは自分だけ──潜在意識を眠らせる⑤──

一方で、例えばマーフィーたちのいう、潜在意識を活性化するという方法ではどうでしょう。

これまでは、物質社会の中で物欲を満たすためとか、人の愛を自分に向けるためとか、仕事、芸術、勉強やスポーツで目標を達成するためなどには、そうした方法が役立つこともありました。

でも、ほとんどは、うまくいっていません。実際、そういう本を読んだ人に聞いたらわかると思います。自分の思うとおりにいっていない人が9割9分でしょう。

つまりそれは、集合意識に味方されるところまでいけなかった、ということです。潜在意識イコール集合意識なので、集合意識が変わらなければダメなのです。両方が合って、初めて強力に働くわけですから。自分の潜在意識だけで変えたつもりになっても、集合意識が変わっていなかったらすぐに影響されて、短い時間で変化は終わってしまいます。

本当は、常に、魂レベルで最高に幸せな状態を知っているのだから、何も人に聞くことはないし、人から与えてもらうものもありません。

私が、そのことを実証しています。

自分宇宙の中に自分だけがいる状態で、宇宙の叡智と交流しているということがわかっていれば、他人宇宙と重なっていても影響を受けません。

今まで、なぜ集合意識や潜在意識に飲み込まれていたかというと、交流している人たちが同じ宇宙の中にいるので、排除できないし、影響されてしまうのは仕方ないと思い込んできたからです。これも、集合意識の影響です。

しかし、その人はたまたま交流しにきているだけで、大元では別のシャボン玉を持っているのです。

同じ宇宙で存在しているかのように、そう思い込まされているだけです。

ところで、人を幸せにしようと思ったら、自分自身は絶対、幸せになれません。人に愛を注げば愛が返ってくるとか、人にいいことをしたら返ってくるなどの、ブーメランの法則、引き寄せの法則と呼ばれるものは、正しくありません。

結局、自分宇宙には自分しか存在しないのですから、相手宇宙のことには干渉できないのです。

一般的には、自分宇宙が独立していることを知らない人がほとんどなので、ある程度は、誰かのために生きるのも仕方ありませんが、すぐに限界がきます。だから、満足できずに次を求めるのです。

結局、マーフィーたちが論じていたのは、物質地球における幸せでした。しかも、自分宇宙が崩壊し、不明瞭になってしまった宇宙における法則です。霊性地球ではなかったので、地球人は魂を磨くというところまではいけませんでした。

宗教に関わっている人たちは、魂とか心だとか言ってきましたが、しょせん、「これを信じていればうまくいくけれど、信じていないとダメだ」と、不安や恐怖をあおっている要素が強いので、宇宙愛ではないのです。

これも集合意識ですが、これでは宇宙の本質は伝わりません。

これからは、霊性地球の幸せの時代～「幸せＤＮＡ」がオンになる──潜在意識を眠らせる⑥──

今までは、自分だけではない不明瞭な宇宙の中で、少しでも自分を幸せにするには潜在意識を使え、といわれてきました。

潜在意識をうまく使えた人は、毎日、アファメーションなどを書いたり唱えたりして周囲が変わりだしたのは、本のおかげだと思ったかもしれません。

最初はうまくいかなくても、根気よく何度も続けるうちに、周りが変わってきて、だんだんとうまく回り始めます。

でも実は、それは集合意識が変わっただけで、自分が変わったわけではないのです。

そのレベルで幸せであり、満足できるのだとしたら、本書を読む必要はないのです。

20～30年前だったら、マーフィーとカーネギーが言うように、潜在意識を活性化すれば物性の幸せが手に入りました。

でも、これからは、霊性地球の幸せの時代です。


幸せというのは、今までは、お金がたくさんあって欲しい物が買えるとか、ぜいたくをする、愛情をいっぱい受ける、地位が高い、などの状態を指すことが多かったようです。

しかし、私が言っているのは、「今、ここにあるだけで、完璧」という幸せなのです。

つまり、松果体のポータルから宇宙の叡智エネルギーが入ってきて、全部のDNAが完璧な状態に書き換えられるということです。

自分が「愛そのもので、幸せそのものである」というDNAに書き換えられることを、幸せDNAオンといいます。幸せDNAとは医学的に存在するわけではありませんが、あえてわかりやすく、そう表現しています。

霊性地球の、幸せDNAの時代です。

今までは、物性の幸せDNAは、潜在意識でオンになっていました。

でも、霊性のＤＮＡは、ずっとオフのままでした。

一見、幸せを具現化し、望みはかなえたけれど、「満たされない、何か違う」ということがよくあるようです。

これは結局、魂が満足していないからなのです。脳が満足しただけなのです。


潜在意識の働きで、顕在意識がある程度までは満足しても、「超潜在意識」は違います。

エネルギーのレベルの順は、高いほうから「超潜在意識」、「潜在意識」、「顕在意識」です。

潜在意識を活性化すれば、その下の顕在意識が変わって、一見、ハッピーに思えます。

でも、真ん中の潜在意識を変えても、上位の「超潜在意識」は変わらないのです。

結局、霊性の幸せというのは「超潜在意識」にあります。

顕在意識で物性の幸せが手に入ったとしても、魂はわがままなので、永久に大元の、楽で愉しいところに戻りたがります。

物性の幸せDNAをオンにしたところで、「何か違うな」と感じるというのはそういうことです。

これまでは、「顕在意識の幸せDNAがオンになったら自分は最高に幸せになる」と思い込んでいたのです。

でも、もうマーフィーとカーネギーの時代ではなくなります。

これからは、ドクタードルフィンの時代。

「超潜在意識」、「魂の意識」、つまり「宇宙意識」の時代。

そんな時代になってきたのです。

とにかく、潜在意識は全てオフにすることが望ましいのですが、いきなりオフにするのが難しければ、最初は潜在意識を味方に付けることが良いでしょう。

例えば、植物たちは集合意識がとても強いので、植物に嫌われると成功しにくいです。

もちろん、脳ポイすれば、植物の集合意識も関係ないのですが、本当に脳ポイするには、松果体を活性化して、エネルギーの振動数を上げる必要があります。

松果体が活性化している人は、脳ポイもしやすいですし、その後もスイスイとうまくいきます。

しかし、ほとんどの人はまだ松果体の働きが弱いので、脳ポイといわれてもうまく反応できません。

だったら、まずはあえて潜在意識を使っても、なり切り続けることです。

例えば、植物にも、なり切っている姿を見せるのです。

「私はすごく上手な画家なんだ。応援してね」と言うと、植物からも画家として認められるようになります。

「きみたち美しいね。いつも癒してくれてありがとう。きみたちが喜んでくれる絵を描くからね」と、植物が喜んでくれるようなことを思ったり、言ったりすれば、応援してもらえます。

要するに、そうして味方のエネルギーを増やしていくのです。

そしてある程度、自分の波を作っておき、世の中の流れができてきたと思ったら、ぱっと波に乗るのです。

今までの、潜在意識を活性化する法というのは、個人だけにフォーカスした考え方でした。

マーフィーにしてもカーネギーにしても、潜在意識イコール集合意識、ということを説いていませんでした。

自分の潜在意識だけを、「できる、うまくいく」と洗脳しようとしていたのです。でも、自分だけが「うまくいく」と思っても、周りがうまくいくと思うところまでいけなかったので、そのまま、うまくいかない世界で終わっていました。

マーフィーたちが書いておくべきだったのは、うまくいくと思い込む意識が、集合意識、つまり周りにだんだんと波及していくので、それを待ちなさいということです。

Part 2

人生を操る術

潜在意識を捨てるということ

さて、潜在意識を捨てた後のお話をしましょう。

具体的にどういう変化が生じるのか、そして、どのように心がけていたらいいのかについてです。

今までの地球人にとっては、捨てるというとごみを捨てるみたいに、手元からなくなるという感覚だと思います。

でも、その感覚を引きずったままだと、なかなかうまくいきません。というのは、地球人は長年、潜在意識に左右されて生きてきたわけです。それに頼って生きているのですから、すぐに捨てられるわけがないし、捨てたと思っても、次の瞬間にはまた、潜在意識に左右されて生きているのが、地球人のありのままの姿です。

ですから、すぐにできる方はむしろ、少数派と思われます。

けれども、いつの間にか捨てられるようになる方法がある、ということをお伝えしたいのです。

まずは、いっぺんにポイッと捨てる感覚ではなく、手元にたくさんあるものを、少しずつ減らしていく、という感じだとご理解ください。

潜在意識を捨てるというのは、自分宇宙にある自分意識だけになるのと同じ、ということでしたね。

つまり、自分意識以外の全ての意識を除いた状態、感覚的には、自分が神である状態ともいえるでしょう。


自分以外とは、例えば、石の意識、植物の意識、微生物、昆虫、動物、自分以外の人間、神様の意識も含めます。

また、先祖とか、天使、守護霊、アセンデッドマスター、大いなる神などもそうです。

自分のゼロポイントには全ての知識と情報があるのですから、そもそも自分には全てが授けられているのです。

だから、他に頼る必要は一切ありません。

まずこのことを、根本的な事実として腑に落とす必要がありますね。

「自分宇宙には、自分しか存在していない」という感覚を持つには、「自分宇宙の中に一緒にいると錯覚しているものたちは、たまたまここに、一緒にいるのにすぎない」と思うことです。

家族、友人、社会でつながりのある人たち、他にも例えばお店の店員さんとか、旅行先でご縁ができた人、動物、植物、石なども、全ては彼らの宇宙というシャボン玉が遊びに来ているだけ、という感覚を持ちましょう。これがしっかりしていないとダメです。

自分のシャボン玉の中には、自分以外の生命体も、もともと入っているという考えが根底にある限り、潜在意識を捨てるのは難しいですね。

だから、ここがとても大事なのです。

シャボン玉がもともと別だとわかれば、シャボン玉を切り離せばいいだけですから、もう簡単ですよね。

今まで、集合意識、潜在意識に影響されて生きてきたように、自分以外の存在と自分が絡みあっているという考えを持っている限りは、シャボン玉を切り離すことはできません。

本当は、日常の交流というのは、違うシャボン玉同士がたまたま交わったり接したりしているだけのことなのです。

自分のシャボン玉に意識をフォーカスする

そして、それがわかってくると、実は、自分と交わっているシャボン玉を切り離す必要もなくなるのです。

つまり、切り離せというのは概念上の話であって、自分のシャボン玉に意識をフォーカスすればいいだけなのです。

遊びに来ている人は、そのまま、いさせておいて構いません。

他の人のシャボン玉は、自分のシャボン玉に一緒に入っているのではなくて、ただ、部分的に絡んでいるだけということを、まずはしっかり認識しましょう。

それができれば、切り離す必要もありません。

交わったままで、自分のシャボン玉だけにフォーカスして光らせればいいのです。

では、どうやって光らせるのかというと、そもそも自分の存在自体が光、最高の、無限大の光ですから、その光を上から降ろしてくればいいだけです。

眉間（みけん）の奥にある松果体に意識をフォーカスして、「私は完璧である。完璧であって、最高の光である」と、唱えたり、思うだけでいいのです。

自分のシャボン玉だけにフォーカスし、その中で、自分の望む世界を作り出せばいい。

お金持ちになりたい、いい家に住みたい、いい車に乗りたい、いい人と出会いたい、結婚したい、子どもが欲しい、宇宙人の友達が欲しいなど、なんでもOKです。

光るシャボン玉の中に、自分の望みのビジョン、実際にそれが実現してるビジョンを作り出すこと。

そして、そこには自分しかいない、他には誰も、虫1匹たりともいないと思うことです。誰も邪魔する人間はいない、これが、本来の自分の世界だと認識することです。

自分以外の意識やエネルギーからは、一切影響されない、そのような世界が、本当の宇宙の姿なのです。

思い描くビジョンが現実化する

でも、いつもそのままでは生きられないですね。

現実で生きていくためには、また地球社会に合った状態に戻す必要があります。

ですから、本当の自分は光るシャボン玉のビジョンの中に存在しているということとを、いったん、松果体にしまっておきます。

そして、現実に戻ったときには、「これらのいろいろな関わりは、さっき光らせたシャボン玉に行くための演劇である」と設定します。

そのとき、一番大事なのは、すぐに変化が見られなくても、「せっかくシャボン玉を光らせたのに、何も変わらない」と落胆しないことです。

「夫は相変わらずダメだし、家族も言うことを聞かないし、親の介護で疲れて何もいいことはない。お金についても先行き不安だし。何も変わらない」と思ってしまうと、マーフィーの、「潜在意識が変わらなかったから、現実も変えられなかった」というところに入り込みます。これでは、集合意識を味方に付けられません。

たとえすぐに変わらなくても、「松果体の中に置いてるシャボン玉が、私の世界なのよ」と、そのパワーの中に入っていくということ。

「私は望む世界にいるんだ。ただ、周りがまだ変わる段階じゃないだけなんだ」と、そういう考えでいましょう。

「何も変わってないじゃないか」と思ったとたんに、しまっておいたシャボン玉が消えてしまいますから、緩い感じで思い続けることが大事なのです。

「こうじゃないといけないのに、なんでこう行かないんだ」とシャボン玉を力を込めて握ってしまうのはダメです。

自分が思っているのと逆のほうに行った場合、例えば、ある人に優しくして欲しかったのにひどいことをされたとか、お金回りがよくなるはずなのにだまされてお金を取られたということが起きたときには、「これは自分が望む世界をかなえるための最高のシナリオなんだ。自分の魂が好んで選んでいる」と思いましょう。

そして、「自分の魂が、どうしてこんなシナリオを選んだのか、気づくときがくる」と思いましょう。

自分の魂が選んだことしか体験しないわけですから、自分でその体験を選んでいるのです。そんなふうに、緩めて考えましょう。

そうすると、「あのときだまされたのは、その必要があったんだな。それがあったから、今があるんだな」とわかってきます。
そして、全てがつながり、いつの間にか周りが、自分が望むとおりになってきます。
いつの間にか、思い描いていたビジョンが現実化していきます。

潜在意識を捨てた後の意識のあり方についてお話ししましたが、もう一つ、別の方法もあります。

自分の松果体に光るシャボン玉を入れた後、何が起ころうと完全に無視して、一切、気にしないようにするのです。

とにかく、自分が望むものになり切る。自分は億万長者だと思ったら、バシャールが言うように、無理やりでも億万長者が着るような服を着ます。

億万長者らしい食べ物しか食べず。億万長者らしい椅子を買いふんぞり返って座って、話し方も偉そうにするのです。

人が「頭がおかしくなっちゃったの？」と言おうとも、心地よくそれをやり切りましょう。陰口を叩かれても、白い目で見られても、心地よくやり切ることです。

すべてはゼロ秒で変わる

以上の二つの方法のうち、どちらかというと、後者のほうが実現は早いです。

ゆっくりでも、確実なのは前者のほうですね。

なぜなら、後者のほうは、相当なエネルギーが必要ですし、よっぽど思い切れる力がないとできないからです。


そして、大切なのは松果体のエネルギーを上げること、それを維持することです。

霊性の時代になると、今までのようにステップ1から10まであるような方法は面倒くさいので誰もやりたがりません。

心はそれを受け入れても、魂は拒絶してしまうからです。

魂は、本来ならプロセスやゴールのない世界にしか興味がないのですね。

私のエネルギーワークでは、ゼロ秒で次元が変わります。

そして、人のDNAも入れ替わります。曲がっている骨が、瞬時にまっすぐになったりするのです。地球次元では、骨が曲がっていた場合、できるとしてもだんだんと時間をかけて伸ばすという感じでしょう。でも私の場合は、ゼロ秒で次元が飛んで、骨がまっすぐな状態になるのです。

先日、バストアップしたいという女性が、私が主宰しているドクタードルフィン塾に学びに来ました。私が高次元DNAを書き換えると、皆さんの目の前で一瞬にして、胸が盛り上がりました。

その状態は、いまだにキープされています。

ハゲだった男性は、頭皮がつるつると光っていたのが、ゼロ秒で黒くなりました。

これも、たくさんの塾生が見ています。

全てゼロ秒です。宇宙ごと入れ替えられるくらいの次元なので、私の知る限り、他の誰も同じことはできません。

繰り返しますが、魂はゼロ秒の世界にしか興味がないので、プロセスもゴールも必要ありません。

ゴールがあるということは、イコール限界があるということです。宇宙にも魂にも、ゴールはなく無限大です。宇宙の叡智とつながっていれば、なんでも可能なのです。

ゼロ秒で、顔が変わる場合もあります。急に10歳くらい若返ったり、不美人だった人が美人になったり。

顔はあまり変わらなくとも、周りが急に美人と認識するようになる場合もあります。

「何となく、きれい」という波動が出ているというパターンです。

また、男性にしても女性にしても、自分の容姿が醜いからとか、太ってるからとか、ダサいからとかで、非モテだと思っていた人でも、見た目はそうかもしれないけれど、誰にもない魅力がある、だから、自分はモテなくない、実はモテるんだと設定を変えて生きていくと、モテ始めるんです。

制限は全て取り払って、ポータルを開く

いずれの場合も、必ず自分の魂が満足する、それが、望む世界が実現するということなのです。

光るシャボン玉にフォーカスするときには、とにかく、制限は全部、取り払いましょう。

「こんなことは望んじゃダメ」とか、周囲から「高望みしすぎ。そんなこと起きるわけない、夢物語だ」と言われていても、そんな制限は全部追い払って、ただ、心地よく描くのです。

シチュエーション的には、ぷあってるとき、緩んでいるときが、ポータルが最も開いて叡智が入ってきますから、描きやすいです。

でもそのときに、夫に「おまえ何をばかなこと言ってるんだ。そんなことあるわけないだろう。早く飯作れ」とか言われると、緩んでいられなくなって、ポータルも閉じてしまうんですね。

そうすると実現しないので、何を言われても、「自分はわかっている。この人の言葉には影響されない」という気持ちでいることです。

これが、大切なコツです。簡単で、努力が要らない方法です。

他にも例えば、お肉を食べるとそれに込められた動物たちの怨念が身体に悪い影響を与える、自分はスピリチュアリティが高いから、お肉もお魚も食べないという人は、そういう集合意識のもと、そういう世界で生きているのです。

でも、お肉にしても、その動物は食べられることで学びがある、私は食べさせてもらって、あなたの思いをちゃんと自分のエネルギーとして使わせてもらいますと、感謝の気持ちでいただければ、そこに怒りや悲しみは介入しないのです。

そして、お肉やスイーツを食べると太るとか、砂糖が入ったソフトドリンクを飲むと太ると思っている人は、潜在意識がそのようにガチっていますから、本当に太るんですね。

コーラは身体に悪いという方も多いですが、私はコーラが大好きで、松果体活性化剤としてよく飲みますし、講演会ではコーラだけでなく、控室でいつもビールを飲んでいます。

出番前に、ロング缶を2本飲んだりしますが、なぜかというと、アルコールが入ると、緩んで、ちょっとハッピーになるのです。

非常識だと思う方も多いかもしれません。参加費を払って来てくださっている何百人もの前で講演するのに、バックヤードでビールを飲んでいるなんて。けれども、皆さんの魂を喜ばせるのが私の仕事ですから、まずは私がマックスで喜んでいないといけません。

私の魂がお喜び様でいて、皆さんにもそのエネルギーをお届けするのもミッションなのです。

（ちなみに、「お喜び様」というのは、私の造語です。

日本では、相手をねぎらう表現として、「お疲れ様」「ご苦労様」と言いますが、それにはネガティブなワードが含まれています。

相手も自分も、元気いっぱいで楽しんで、疲れもなく張り切っているのに、どうして、「お疲れ」や「ご苦労」なんだろうか……。

あるとき、私の松果体を通して、ある言葉が舞い降りました。

それが、「お喜び様」です。

その瞬間、私の魂は、すごく楽になりました。そして、嬉しく愉しく、ぷあぷあしたのです）。

講演会の前にビールを飲んではいけないなどという潜在意識は、ポイしちゃいます。

そうすると、本当にいいことが起こってきます。

結果は受け手側のエネルギーとの相互作用

私には、常識は全く必要ないのです。

完全に捨てちゃうと生活が成り立たなくなりますし、地球の現状に合わせて、ちょっと残しているだけです。

シリウスに戻ったら、常識なんか全部ポイです。

その代わり、叡智、知識、情報があふれてきます。


他にも、運動をしないと不健康になるとか、人工添加物はよくないとかいう通説もありますが、どちらかといえば、潜在意識が良くないとしているからそれが結果として現れるというほうが大きいのです。

多くの人が怖がっている放射線でも化学物質でも、これは自分にはいいもの、共存できる、自分を成長させるための刺激だと捉えられたら、そうなります。

実際、同じレベルで放射線を浴びても、がんになる人ならない人、ウイルスが蔓延しているような部屋にいても、風邪を引く子ども引かない子どもがいるように、ある原因があれば必ずある結果になるのではなく、受け手側のエネルギーとの相互作用なのです。

つまり、受け手がそれを悪いものとして捉えないということが大事です。

「インフルエンザが流行ってる、うわー、マスクしなきゃ、ワクチン打たなきゃ」と、恐怖心がまさっている人が、よりかかりやすいのです。

私は自身の診療所にいて、それはおおぜいの方が来所されますが、マスクなしで、大口開けてお話ししています。

「構わぬ。なんでもいらっしゃい」という気持ちです。

それぐらいですと、たとえインフルエンザにかかっている方が来所されても、うつりません。これは、大事なところです。

肩書を超えていけ

肩書も、制限の一種です。

医学博士とか、国会議員、何々大臣だとか、代表取締役とか役員とか、先生とかいろいろな肩書があります。

それから、お父さんとかお母さんというのも肩書ですね。

仕事名も肩書ですし、役割というのも肩書です。

これが、潜在意識そのものなんです。つまり、先生は先生らしく、医者は医者らしく、お父さんはお父さんらしく、子どもは子どもらしくとか。

けれどもそれは、可能性をものすごく狭めるんです。


「らしく」というのは何かというところをまず、解き明かしてみましょう。

「らしく」というのは、今まで存在した地球社会で、人類の集合意識が築き上げてきた常識と固定観念のことなんです。

ある職業や、ある立場にいる人について、こういう人はこうあるべきだ、こうなるべきだ、という目で見せてしまうのが肩書なんですね。

これは、地球の、ある発展段階においては役立っていたんです。

生存のために物を大事にする物性社会の時代には役立ってきたんですが、これからは愛で、ハートチャクラでつながる時代になります。

自分と人とのつながりは、愛情で強化するのです。

自分は愛そのものだということを認識するために、人と付き合う時代になるんです。

肩書どおり生きていると、それはなし得ません。

先生だからこういうことをしちゃダメだとか、母親は母親らしくとか、こうすべき、これはダメだと言っているうちは、今までの制限された地球社会を超えることはできないのです。

肩書を超えていく、それはどういうことかというと、ここまでとされていた範囲を超えるということです。

例えば学校でも、先生だったら生徒のプライベートまで干渉してはいけないとか、恋愛関係の話やハメを外す話をしてはいけないとか、生徒には勉強しろと言うのが当然などですね。

生徒だったら、出された宿題をするのが当たり前だとか、成績が悪いと落ちこぼれと言われるとか、旧態依然とした校則も全部守らなくてはいけないなどがあります。

本当は、生徒の能力というのはそれぞれで、素晴らしい個性や学校の教育では見いだせない才能があるのに、平等などといって没個性、均一化されてしまいます。

その子の本当の良さが、なかなか伸びないのです。

宿題をしないという選択、人と同じことはあえてしないという選択、できなくてもいいという選択、先生の言うことを覚えないという選択、これらも全てありなんです。

親や先生に植え付けられている集合意識、潜在意識が、子どもの才能の開花を妨げています。

「イッツショータイム」

また、私の仕事でもありますが、医者は、医者らしく偉く見せないといけないという固定観念てありますよね。

私はよく、講演会をいろんなところでやりますけれど、私みたいな講師はまず、いないようです。

オープニングではいきなりボリュームマックスの音楽に合わせて踊るように登場して、くるくる回ったりして、観客の皆さんはヒャーッて度肝を抜かれると言います。

出版社など主催の方々は、他にはこんな講演会ないですよ、と口々に言われます。普通は、しーんとした中で始まって、お話を拝聴して、しーんと終わるとのことなのです。

皆さんに聞くと、ノートを取って終わるらしいのですが、私の講演会ではノートを取る暇なんてないです。

ノートに刻まなくていいのです。参加者の魂に、私が刻みますから（うまいこと言えましたね 笑）。

潜在意識を使っている人というのは、参加者に頭を使わせて、ノートに刻ませます。

私は参加者に頭を使わせないのです。脳ポイさせて、私が魂に刻みます。

講演後やサイン会では写真撮影もできますから、参加者はキャッキャしながら「ハグいいですか」ってキューーッと抱きついてきます。

グーッと来るから、私もグーッとハグしますが、こんな講演会は珍しいのかもしれません。

途中でも、音楽をガンガン流して、「イッツショータイム」です。エネルギーワークのときには、その曲に合わせて、みんなで自由自在に表現します。

退場も、ホイットニー・ヒューストンをかけて、私も皆さんも感動の嵐でうるうる泣きながら終えます。

エンターテイメントですから、皆さんもお喜び様になるのです。


出版社の社長さんやイベント担当さんなどが言うには、

「医者の先生方はたいがい偉ぶっている感じで、馴れ馴れしく近寄るなオーラが出ています。ドルフィン先生みたいに、イエーとか言って写真を撮ったり、ハグとかないです」

ということなのですね。

私にとっては、全く普通で、魂で楽しんでいます。

一般的には、医者は高い地位にあり、患者より尊厳があるべきとされているようです。

それが、医者らしいということのようです。尊敬されるべき人間、だから上から目線なのですね。

そんな「医者らしい」から得られる尊敬なんか、要りません。

私は、魂の親しみ、魂の愛情が欲しいのです。

形だけの尊敬なんか要らない、魂のアイ・ラブ・ユーが欲しいのです。

そのために活動しているのかな、と思います。

あいつは医者らしくないとか、いろいろ言われますが、魂のアイ・ラブ・ユーのためにあえてそうしています。

肩書などにすがってはダメ、そんなものは飛び超えてください。

ＵＦＯキャッチャー、ガチャガチャで地球を楽しむ

父親だから、威厳を持って子どもに接しないといけないなどという常識も要りません。

私も、小学生の息子と夢中になって一緒に遊んで、ＵＦＯキャッチャーにはまって、「お父さん、もうやめよう、無駄遣いだよ」なんて言われます。

袖を引っ張られて、「帰ろうよー」って言われるのに、「ちょっと待って、もうちょっとで取れるから。これ取らないと気持ち悪いから」ってマシーンの前にかぶりついています。

そのうち息子に見捨てられて、１人になっても続けます。

私はぬいぐるみが大好きで、診療所にも大小たくさんのぬいぐるみがいます。

家の倉庫もぬいぐるみで埋まっているので、妻には全部捨ててとか言われます。

先日も、診療所のある鎌倉の小町通りで、柴犬のぬいぐるみと目が合い、「僕を連れてって」と言われたので買ってきました。柴犬もそうですが、ライオンの頭部をぬいぐるみ帽子にしたものなど、お年寄りに人気なのです。

可愛くてぷあってるので、すごくいい影響があるという確信を持っています。

私自身が、見ていて楽しいということもあります。自分が楽しんでいないと、患者さんも楽しめないので、環境作りとしても素晴らしいのです。


ガチャガチャも、子どもの頃はお金の制限があって好きにはできませんでしたが、今はそれくらいはまかなえるので、取りたいものが出てくるまでやります。欲しいアイテムがあるのに、それとは違うアイテムが連発して出るので熱くなってしまい、ここで帰ったら後悔すると思って、10回以上回したり、それも日常です。

それは地球での遊びでもありますし、地球とのグラウンディングでもあります。


UFOキャッチャーで獲得できるぬいぐるみも、生命なのです。

自分を欲しがってくれて、うまくキャッチできればおうちに連れていってもらえる、彼らも喜ぶわけです。それを経営しているお店も喜びます。私自身も、童心に帰って大喜びです。

これも、地球を喜ばせるということなのです。

無駄遣いばかりでも、こうして地球を喜ばせていますから、必ず戻ってきます。

そして、常識からは、無駄とか悪とか判断されても、自分の魂が喜ぶことだったら善なのです。

それが、潜在意識を眠らせるという意味、醍醐味ですね。

子どもに「無駄遣い」とたしなめられ、一般的には父親らしくない父親かもしれません。

でも、私には、父親として生きざまを見せているという自信があるのです。

いつか、「お父さん、あのときあんなことやってたけど、そういう生き方もいいな」と思ってもらえるときが必ず来ると思うのですね。

ギルティフリーよりマスコンフリー

制限について、別の例ですが、最近、ギルティフリーという言葉をよく聞くようになりました。ギルト（guilt）＋フリー（free）、つまり（罪悪感）＋（無い）ということで、主にカロリーが低いお菓子などを指すようです。

甘いものを食べると太る、肌に悪影響がある、などのギルティな感覚をみんなが持っている、つまり集合意識が前提になっています。

でも本当は、バターたっぷり、糖分たっぷりなお菓子が好きな人は、カロリーの低いお菓子を追求するより、罪悪感なしに食べられればそれに越したことはありません。

最近、お笑いの方が言われている、カロリーゼロ理論も面白いですね。

「カロリーは熱に弱く、１１０℃以上に耐えられないから揚げ物はカロリーゼロ。

アイスは冷たいし、カロリーごと凍らせているからカロリーゼロ。カステラはギュッてつぶして小さくすればカロリーゼロ。つぶしたと同時に、カロリーが空気中にふわっと飛んで行く。

ご飯などの白いものは白紙に戻ってカロリーゼロ」といったネットのまとめを読むのは、本当に愉快です。

これを「超潜在意識」に入れられれば、本当にそうなります。

他にも、こんな考え方はどうでしょう？

子どもの頃は特に、クリスマスやバースデーにケーキが食べられると思うだけで、テンションが上がっていましたよね。

だから、ケーキを食べるときは、ぬいぐるみに接するときと同様に童心に戻れるので、細胞も子どもの頃を思い出して活性化して若返る、という、ケーキアンチエイジング理論です（笑）。

ギルティフリーよりも、これからはマスコンシャスネスフリーです。

集合意識、潜在意識がマスコンシャスですから、それがフリー、なくなる、自由になる、マスコンフリーでいきましょう（またうまいこと言えました 再笑）。

今までの物性地球では、努力や我慢が評価されていました。

霊性社会では、努力はときとしていい場合もありますが、我慢はしないほうがいいです。

そして、うぬぼれて生きましょう。うぬぼれというと、一般的には悪い言葉ですが、霊性的にいうと、素晴らしいのです。

「自分はなんでもできる、思い描けばどのようにでもなれる」と、うぬぼれましょう。

緩んで、無制限で望みのビジョンを描いて、あとは、うぬぼれるだけです。

100パーセントの愛注入で、自動的に人を癒す

さて、宇宙が本当に求めているのは、ジグソーパズルを完成させることです。

集合意識でこうあるべきと設定された丸いピースだけで組み立てる世界を、求めているわけではありません。丸いピースだけでは、すき間だらけになってしまいますよね。

だから1人ひとりが、固有に割り振られたジグザグの形になることが求められているのです。

その形になり切るには、自分に、100パーセント意識が向いている必要があります。

一般的に良い人と言われる人は、他人の目に「良い人」と映るように行動をしています。せっかく降ろされている宇宙エネルギーを、自分自身に向けていません。

人の意識に入っている、つまり、他人のシャボン玉に入り込んでいるわけです。

それは宇宙が求めていることではないし、自分の魂が求めていることでもないのです。

もちろん、ボランティアなど、一般的に良いこととされる行動をとるのが悪いわけではありません。ボランティアをすることで、自分の魂が喜んで、自分をますます愛せるのであれば、いいのです。

引き寄せの法則とかブーメランの法則を、「自分を犠牲にしてでも人のためにやることが、自分も良くしてくれる」というその人なりの解釈もあるようです。

キリスト教にも類似した解釈がありますが、これは正しくありません。実は、全く逆なのです。

本来は、自分に100パーセントの愛を注ぐことで、愛は自動的に増幅します。

愛は、存在するだけで人を癒します。

自分を棚置きにしてまで人を癒してあげようと思うと、逆に、癒せないのです。

同様に、相手を良くしようと思ってなにかをしてあげても、良くなりません。

霊的に高い次元でいうと、相手を喜ばせようとすると、それほど高いエネルギーのことはできません。

私は、セミナーや、誰にでも参加いただけるイベントなども、自分を喜ばせるためにやっています。だから、人も喜ばせられるのです。

全てのことを、自分の魂を喜ばせるためにやる、これは、潜在意識を捨てることにもつながっています。

良い人でいようと思うと、捨てられません。人を助けたいとばかり思っていたり、人のために生きていては、捨てられないのです。

今までの物性社会では、人のために生きるとか、自己犠牲などが評価されてきました。

それは、霊性進化のプロセスであり、その段階では必要な部分もありました。

しかし、いよいよ一気に霊性社会に替わるタイミングに来ていますから、そうしたことはもう必要がありませんし、かえって進化に歯止めをかけてしまいます。

もう、本来の自分に戻りましょう。

アイヌの酋長の名言

封印解きのミッションの流れで、屈斜路湖のアイヌの酋長とお会いしたときのお話をします。

一緒にお酒を飲んでいて、酋長が言われた言葉があります。

「社会があって私があるんじゃない。私があって、社会があるんだ」

これは、すごくいい言葉です。これからは「個」の時代になります。個人がいかに自分の光で輝くかが課題です。そうすることが、全体の調和にもなるのです。

特に日本の皆さんは、調和というと、自分を殺して迎合することだと思いがちですが、全く違います。

レムリアは、調和を知っていました。レムリアでは全てが女性優位で、女性が男性を操っていました。

そして、女性を喜ばせ、女性に認められることが、男性の生きがいでした。だから男性は、言われたことを喜んで、一生懸命にやっていました。

縄文は、このレムリアの文化を受け継ぎました。アイヌもそうだったようです。女性が男性を制していましたが、嫌な仕事、大変な仕事を、男性は喜んでやっていたそうです。

これが本当の、調和の時代。男女性の融合です。女性がちょっとだけ上にいるのが理想的なあり方です。


北海道からの帰りの飛行機で、次のようなビジョンを見ました。

レムリアからの文化は、アトランティスの時代に変わりました。

「レムリアは女性優位でやっていたからダメになった」とか、「愛と調和なんて、そんな甘っちょろい考えだからダメだった」と言って、今度は男性優位のテクノロジーとインテリジェンスに走ったのです。

男性性が立ち上がって、力で女性性を押し殺し、埋没させました。

どうやら世界で悪名名高きヒトラーより、ずっと残虐な手段を使ったようです。

それが、連綿と続く女性の集合意識に組み込まれていて、「男性に逆らったらひどい目にあわされるから、表面だけでも従っておかないといけない」という思いをずっと引きずっているのです。

私が、女性性を起こす、呼び覚ますとよく言っているのは、そういう理由からです。

一方、男性性のエネルギーも、自分たちがしたことに罪悪感を抱いてきましたから、そちらも浄化する必要があります。


その後も、白人がインディアン文化を弾圧したり、大陸から来た渡来人が縄文人を排斥して、男性優位の世界にしてしまいました。無理やり、集合意識を持たされ、統率されて彼らの良さはなくなったといいます。

縄文アイヌの頃は個の時代で、集合意識がありませんでした。

集団活動は一切、なかったようです。集団スポーツもない、集団で行う儀式など、そういうものも一切なく、皆好き勝手にしていましたが、それでも調和していたと酋長から聞きました。

女性性を開く～アトランティスの流れを断ち切る

それがヒントになって、「無理に平等にしようとするからダメなんだ」と気づいたのです。

よく、人間は平等と言いますが、それは間違いです。人間は、平等ではありません。平等であるという概念ですと、そこに統率者がいるわけです。つまり、誰かの思いどおりにさせるということです。

平等というのはいい使い文句で、平等のためだからと、個々の能力を押し殺して能力のない人間にしてしまいました。出る杭（能力のある人）は叩かれ、辛い思いをしてきました。

それが、アトランティスから続いてきた流れです。

そして、インディアンの虐殺とか、縄文人やアイヌの迫害になったわけです。


そうしたビジョンが見えたことで、わかりました。

集合意識、潜在意識を捨てるというのは、女性性が立ち上がるということでもあるのです。


超古代のように、女性が優位に立つ時代。

女性性は融合のエネルギーで、男性性は分離のエネルギーです。ですから、女性性が高くないと、真の意味での調和はできません。

今はまだ、男性性のほうが高いままになっています。


ただ、女性性を優位にと言われても、超古代からの潜在意識の中に、「男性に逆らったら、昔のように悲惨な目にあうんだ」という記憶が残っていてそれが恐怖として封印されています。だから、なかなか男性に逆らえないのです。

女性は男性より劣っているというふうに思い込まされていますが、愛と調和という観点でいうと、実際は女性のほうがずっと優秀です。

私も男性の肉体をまとっていますが、霊的な中身は女性ですから、よくわかるわけです。

潜在意識を捨てるというのは、その記憶を捨てるという、勇気のある行動でもあるわけですね。それによって、女性優位の世界を取り戻すことも重要なのです。

潜在意識を捨てるというのは、このように壮大なビジョンでもあるわけです。

男性にとっては女性に対する罪悪感があるので、男性のほうが優位という潜在意識の他に、この罪悪感も捨てないといけません。罪悪感というのは引きずるものですが、今ならまだ間に合います。

個の目覚め〜レムリアの女神たち

このアイヌの旅で、女性性がいかにまだ埋没、封印されているのかが、全部見えてきました。

そこで私は、西表島の女王のエネルギーを解放しました。

今回は、北海道知床から開き、ストーンサークルに呼ばれて行って、レムリアの女神たちに捧げものをしてきました。

そうして今、女性性のエネルギーを解放しにかかっているのです。

女性性の解放はイコール、潜在意識を捨てること。捨てないと、それは起きません。

個の時代には、女性のエネルギーが大事です。女性は調和のコントロールに長けているからです。

男性は、人々を統率して、パワーで進めようとするので、不調和を引き起こします。

平等というのは一見、融合のように思えますが、その実、分離なのです。

平等、イコール分離、破壊であるということが、ビジョンによってはっきりと理解できました。

平等な社会では、全ての個の魂が封印され、みんなアンハッピーな状態なのです。潜在意識、集合意識を捨てるというのは、すなわち個に目覚めることです。個々の本当の能力が目覚めることが、潜在意識を眠らせることになります。これからは、個の目覚めの時代に入ります。集団としての成長ではなくて、個の成長です。すると、放っておいても目覚めた個がお互いに助け合うようになります。相手のために生きなくてもいいのです。

自分で好きなことだけがやれたら、それが周囲のためになります。生き方のベクトルが変わるのです。

社会のため、人のためと思って生きれば限界がありますが、これからは100パーセント、自分のために生きる時代になります。

松果体を開くメソッド

よく、松果体を開くのに有効な方法についてよく聞かれますが、まずは珪素です。できるだけ珪素を摂るようにしてください。珪素の高純度の化石が水晶ですから、身近に置くのもよいと思います。

それから、イルカと接すると松果体が開きますね。自然のイルカに親しむツアーなどに行かれるのもいいでしょう。

イルカのような高次元の動物は、人間にとても重要な気づきを与えるのですが、そんなことはあまり言われないし、イルカを殺してしまうような地域もあります。それも、集合意識が働いているせいなのです。

あとは、太陽を見ることと、麻もいいです。

松果体からは、精神覚醒作用を持つＤＭＴ（ジメチルトリプタミン）が分泌されていることが、科学的に証明されています。

大麻にも、松果体を活性化させる作用があります。人を覚醒、進化させる、すごくいい、自然の促進剤なのです。

国によって動きが違いますが、世界的な流れとして、大麻は解放され始めています。

カナダで、嗜好用大麻が解禁されたのは大きく報じられましたが、アジアでも、すでに韓国で医療大麻は合法化されましたし、ファイナンシャル・タイムズは、タイやマレーシアでも医療大麻合法化に向けた動きが進んでいると伝えています。

この点、日本は、世界的に見てひどく遅れていますね。

大麻は、松果体を活性化させる鍵ともいえるのですが、人間が覚醒してしまうので、それを望まない勢力から、いまだ封印されているのです。

人間をコントロールするためには、使わせるわけにいかないのですね。

日本でも、戦前までは合法でしたが、戦後、アメリカから圧力がかかって封印されました。

日本が神の国であることに恐怖を覚えたアメリカの勢力が、違法としたのでしょう。


今、本当に重要なことは全部、封印されています。

ピラミッドには、水晶がありました。

ピラミッドは、本当はお墓ではなく、そう見せかけているだけで、本来なら宇宙との交信器なのです。

覚醒するための高次元のエネルギーを受けるため、水晶が一番上にありました。

それから、アトランティスの飛行機にも真ん中に水晶が置いてあって、操縦器なしでコントロールされ、宇宙域で浮遊していました。

あとは、細胞振動エネルギーの乱れを鎮めるのに、ダイアモンドが一番だということが最近わかりました。特にアルカダイアモンドは、乱れがゼロになります。

ダイアモンドや大麻は松果体を開く、つまり、ポータルを開くんです。そうなると、人間は、自分には何でもできる力があることを思い出してしまいます。

統率者からすれば、そんなことを知られたくないのですね。平等という世界を作って、引き続き統率していきたいのです。

今ここを、楽で愉しく生きなさい

今、若い人が夢を持てないとか、目標がないなどとよく聞きますが、目標を持つ、夢を持つというのにも、一長一短あります。

私たちは「こうなるべき、それでなければ負け組だよ」と言われて育ったので、緩んだビジョンを持っていません。

すると、その目標は、魂の望みと違うものである場合が多いのです。実は、夢など持っていないほうが、より大きなチャンスが舞い降りてくることもあります。

世間の風潮では、子どもたちに夢を持ちなさいと言いますが、それは古い教育です。

これからは、「今、ここを楽で愉しく生きなさい。今、ここを愉しんで、充実して生きなさい」というほうが正しいのです。神道でいうところの、「中今」が大切ですね。

将来のことなんて、全く考えなくていいのです。考えなくても、適切なタイミングで自然な流れに乗ることができます。

夢とか希望は、持ちたい人間が持てばいいだけで、無理に持つものではありません。

また、サポートがないと夢が実現できないと思っている人が多いようです。お金がないと実現できないとか、家の環境が恵まれていないから好きなことができないとか、人脈がないと無理だと考えています。

潜在意識には、そういうことも入っているのです。

若者が夢を持たなくなってきたのは、ある程度、常識や固定観念がとれてきて、緩んできている証拠です。

緩んできているのはとてもいいことですが、潜在意識がなければもっといいのです。「あなたたちは、なんでもなりたいものになれる」ということを教えればいいだけです。それが、潜在意識を捨てるということにもなります。

夢や希望というのは、魂が身体にソウルインしてこの世に来る前に、「私は10歳で持つ」とか、「30歳になったら持つ」「晩年の70歳で持つ」などと決めているのです。タイミングとか、内容を決めてきますから、自然にそのときにそうなるのが一番です。

目標とは制限を作ること

夢や希望についてはそれでいいですが、目標は持たないほうがいいです。なぜなら、目標イコール制限だからです。

「この方向しかダメ」という制限と、「ここまでしか行かない」という二つの制限が付いてきます。

可能性は無限大にあるのに、自身で限界を作ってしまうのですね。目標というのは、非常に弱いものです。

例えば朝礼で、社訓や企業理念などを大声で唱和させる会社があります。

それは、これまでの物性社会では有効だったこともあるかもしれませんが、もうそういう時代ではありません。

潜在意識が解かれてくる時代になるので、もはや効果もなく、逆に反発を食らうでしょう。

みんなで潜在意識を捨て始めると、それまでは同じことをやれとか、同じ思想を持てと強要され、抑圧されていた人が爆発します。

すると、組織が壊れます。ですから、旧態依然でやっている企業は、全部ダメになると思います。宇宙のサポートも入りません。

また、プロセスとゴールありきのやり方では、うまくいかなくなります。

プロセスとゴールを持たずに、愉しいからやりたい、魂がやりたがっているからやる、という人が、宇宙にサポートされてうまくいくようになります。

Part 3

ドクタードルフィンの封印解除！
神と高次元存在がサポートする地球

宇宙存在とのコンタクト

私は、すでに宇宙人とコンタクトしています。

彼らが全く姿を見せなかった時代もありましたが、今の時代、特定の人に対してさまざまな形で接触してきています。

コンタクトとしては、例えば、地球の人間のふりをして来ます。

宇宙人が、患者として私にメッセージを伝えに来たり、その辺のスーパーを歩いていたりするのです。

光の存在として、半透明な姿で来ることもあります。

沖縄で講演会に行ったときには、宇宙連合の総司令官のアシュタールが後ろに来ていました。

夜に、真っ暗な空に急に光がばんと現れ、存在を知らせてくることもあります。

他の星たちより明らかに輝きが強く、サイズも大きいので、来たことがすぐにわかります。

そして、数分間滞在し、そのうちに点滅し始めて、飛行機の形になっているのです。

これを動画に撮ると、移動する丸い光として映っています。

目で見ているときはスーッと飛んでいるのですが、動画では、点から点に移動する光になっていたりもします。

3次元で見せる彼らの姿と、高次元での実際の姿は全く違います。

動画を撮ることで、いろいろな現れ方をすることがわかりました。

3次元で私たちが見せられているのは、時空間でがんじがらめの枠の中での姿です。

一つの姿しか見えませんが、少し高い次元に行くと、時空間が全部動いているので、瞬間移動しているように見えるのです。

つまり、私たちが見ているのは固定された表面だけで、本質はそこにはないということです。

宇宙人や高次元の存在たちは、私が見えるところにしか出ないのですが、飛行物体を1日20機くらい見ることもあります。

あるときは右から左に行くコース、あるときは下から上へと、自在ですね。

動画では、あるときは飛行機そのままに映り、あるときは光だけとして映ります。日によって、振動数を変えてくるのです。

「ありがとう」と言うと、ぴかっと光ります。

いわゆる言語での会話はないのですが、彼らが常に見守っていること、サポートしていることもわかっています。

よく、チャネラーさんで、言葉で入ってくるとか映像で見える人がいますが、私の接しているエネルギーは恐らくレベルが高すぎて、言葉にもならないようなものだと思います。ですから、いわく言いがたいような感覚でしか入ってきません。それを自分で納得できるように、翻訳しているだけなのです。

言葉や映像で入ってくると面白いでしょうが、そういうメッセージは、たぶん、低いエネルギーなのだと思います。

私にくるのは、もう突き抜けていて、大宇宙大和神（オオトノチオオカミ）のエネルギーなのです。古事記にも出てこないような、頂点の神のエネルギーです。

私はそのエネルギーを持って、さまざまな神を開いているのです。

大宇宙大和神は、熊本の幣立（へいだて）神宮だけに祀られています。先日、幣立さんに行ってきましたが、光の玉が車に当たってきて、大歓迎されました。

いよいよ、愛と調和の復興の時代

今、シリウスのエネルギーが、地球の愛と調和を応援しています。

前述のように、北海道でも、レムリアレイラインの封印解きをしてきましたが、そのレイラインは、シリウス、レムリア、縄文、アイヌという流れです。

このラインで一貫しているのが、愛と調和なんです。

それがアトランティスになり、女性性が優位だったのが、男性性が優位になってしまって、パワーとテクノロジーで生きた時代がありました。

アトランティス文明は、結局破壊に終わりましたから、そこに歴史上の学びがあったのです。

その文明は一度、破壊されて、新しくやり直すことになり、縄文文明が起こりました。

縄文から、アイヌとか、ホピなどのネイティブインディアンの流れになったのです。

そしてそこもまた、結局、ヨーロッパ人などといった大陸からの使者に破壊されたわけです。

つまり、愛と調和というのは、壊されて、復活して、また壊されてという繰り返しだったのです。

今、私たちがいるのは、まさに愛と調和を復興させるタイミングの、いよいよピークであるといえます。

日本では、縄文で破壊されて、それから一時(いっとき)、奈良、平安といったあまり争いがない時代があり、また戦国時代で破壊され、その後、江戸時代を迎えて比較的長い間、愛と調和の平和な世界になって、それから第一次、第二次世界大戦でまた破壊。

第二次世界大戦ではついに、核兵器が用いられました。

もう、破壊は極まった、これ以上破壊したら、地球はなくなってしまうだろうと、誰しもが思っています。

巷間で言われるように、ラストチャンスとはあまり言いたくないのですが、今、これからは地球が長い歴史で学んできた上での、本当の愛と調和の集大成になるということです。

地球以外のいろんな星を見ても、これまで同じように繰り返してきているんです。平和、破壊、平和、破壊、平和、破壊……。それによって、なくなった星もいくつかあります。

地球も、もちろん、破壊という潜在意識、集合意識の中に皆さんが入ってしまえば、なくなってしまうわけです。

だから、潜在意識、集合意識としても、愛と調和の融合の時代に入るということを認識するべきタイミングにきているのです。

他のシリウスの関係の本でも語っているように、彼らが愛と調和で融合、共存、共鳴しているのは、女性性のエネルギーがちょっと高いからなんです。

レムリアも、女性性のエネルギーが高かったから、愛と調和で共鳴、共存できたわけですね。

女性性は融合エネルギーで、男性性はどちらかというとパワー、テクノロジーで、文明をスピーディに発展させるなどのいいところもあるのですが、破壊性を持っています。

だから、女性性が上位の場合は愛と調和の融合の時代になりますが、男性性が上になると破壊になるんです。

それの繰り返しで来たということですね。

また、この地球に、ＤＮＡや身体が男性として生まれてきた人は、対局的に、女性性を学びに来ています。

逆に、女性のＤＮＡ、身体を持って生まれてきた人は、男性性を学びに来ている、これを理解しないといけません。

現代は、中性的な人が増えていますが、あえてそういう状態でいることにより、両方の性を学びやすくしているのです。

いずれにしましても、これからは女性性の時代になります。

ジーザス・クライストからのメッセージ～12重のDNAらせんをほどく

さて、私が自分の診療所でリラックスしていると、いつも松果体がブルブルッと震え高次元の宇宙の叡智が下りてきて、瞬間的に問題が解けてしまいます。シリウスの応援隊たちがもう、本当にたくさん下りてくる、そういう空間なんです。

「高次元DNAコード」（ヒカルランド）にも詳しく書きましたが、私が今行っている、地球最先端の高次元DNA手術というのはどのようにして生まれたかというと、ある患者さんを媒体、ミディアムとして、ジーザス・クライストが私に教えてくれたのです。

ＤＮＡについては、以前からずっと注目していたのですが、もっと知りたかったところを知らせてくれました。

それは、２０１８年の年明けぐらいのときでした。

ジーザス・クライストがいろんな言葉やビジョンを伝えてくれて読めたことは、ＤＮＡの真実なんです。

ＤＮＡというのは、２重らせんであるといわれていますよね。

私は、12重らせんと言っているのですが、６対あると考えているのです。対が６つあるから、12重なんですね。

とぐろを巻いているような感じで12重らせんとして合体したのがＤＮＡです。

一番大事なことは、ＤＮＡの対を、まずはほどくことなんです。そうしないと、人間は進化しないということがわかりました。

人体は2重らせんですが、オーラ、エネルギーは、目に見えないＤＮＡでできています。大元は、いずれにしてもＤＮＡなんですね。

人間のエネルギーが上がって進化、成長するということは、ＤＮＡのエネルギーが進化するということです。

進化の際、ＤＮＡが絡んでいるままでは、エネルギーが入りません。

そこで、６対の12重らせんを、半分ずつにほどくわけですね。

そうすると、ＤＮＡから、それを原型とするＲＮＡというものができます。

ＲＮＡというのは、エネルギー的にいうと、ＤＮＡより振動数が高いのです。

ここに、高次元のエネルギーを下ろしてくるんです。

それは、神のエネルギーであったり、イルカやガイアのエネルギーであったり、超古代のアトランティスやレムリアのエネルギーであったり、高次元の星、シリウスやアルクトゥルスなどのエネルギーであったりします。

エネルギーには色分けされた振動数があり、それでまずはＲＮＡに高次元ＤＮＡ

コードを入れます。そして、そのRNAがDNAに移り変わり、最終的に閉じると、DNAが書き換わるということです（「高次元DNAコード」を参照ください）。

ジーザスが私に教えたこの理論で何がわかるかというと、1回ほどいて（壊して）、作り直すのが大事ということなんです。破壊して、融合させるということですね。

私には、それがとてもよく理解できました。

生命の本質自体が進化、成長するには、1回、破壊というプロセスがないと、なし得ないのです。

この生命の根本的なエネルギー、大元であるDNAがそうなのですから、森羅万象、全ての事象も同様です。

だから、新しい愛と調和、融合の時代をステップアップさせるには、1回破壊しないといけないということなんです。

アクションの時代〜ククリヒメが浮上する

神様の話になりますが、セオリツヒメは、シリウスの系統であり、愛と調和を教えに地球に来ました。

コノハナサクヤヒメとイワナガヒメもそうですが、コノハナサクヤヒメが陽、イワナガヒメが陰という、両方の役割があったのですね。あえて、分離という形をとって、融合が大事というメッセージを伝えていたのです。

２０１８年までは、そのようにして伝えるのが重要でした。

けれども、２０１９年からは、いよいよアクションの時代です。

例えば、今まで、男性と女性は完全に別でしたね。

もしくは、支配する者と支配される者、お金を持っている者、お金を持っていない者、これらは分離でした。

病気は悪、健康が善、死ぬのが悪、どんな状態でも生きるのが善、いじめるのが悪、いじめられるのが善とか、戦争が悪で、平和が善。

つまり、善悪で分離する時代で、争って、破壊することで、ずっと勉強してきたんです。

いよいよ核兵器も使ってしまい、原子力発電所が壊れて放射性物質が漏れたり、破壊も極まりました。


ここで満を持して、いよいよ融合の時代に入るわけですね。

アクションの時代。ククリヒメの出番です。

ククリヒメは、本宮が石川県金沢の近くにある白山神社で、白山信仰の神であり、『菊理姫』と書きます。

これからはどうやら、ククリヒメの時代になるんです。気づいたときは、私もぞっとしましたが、くくるんです、ＤＮＡを。

今までは、破壊した中でもいろいろなことを学んできました。

でも、閉じられなかった。閉じていないから、完成していなかったのです。

だから、ＲＮＡに学んだことは入っていて、勉強したり善行を心がけたりしているのに、なぜか変わらない、救われないという状況でした。

それも、当然のことだったんですね。ＲＮＡに乗ったままでは作動しないのですから。

本当は、ＤＮＡが変わって、初めて正しく作動するわけです。

ＤＮＡに乗せ換えることで融合する、再度開いてくる、これが大事なんです。

そして、結局、分離するのも破壊するのも、集合意識がなせる技だったんです。
３．11のとき、放射能は怖い、病気になる、という集合意識、潜在意識が大きくて、恐怖と不安で病気になった人もたくさんいるでしょう。
もとの家には帰れないとか、がんにかかったんじゃないかとか、不安と恐怖で気がおかしくなってしまった人もおおぜいいます。

集合意識、潜在意識では破壊が起きる

本当は、エネルギーが上がればあまり食べなくてもよくなるし、フリーエネルギーが出てくるから資源の奪い合いはなくなってくるんです。争いがなくなってくるんですね。

現時点では、ガソリンがなくなれば移動できないとか、原子力、電気がないと生活できないとか、自分たちの国益を守らないといけないとか、お金がないと幸せになれないとか、学力や地位がないとダメだとか、人付き合いをうまくしないと平穏に暮らせないとか、これをしたら世間体が良くないとか、いろんな負の要素を抱えているように思っています。

けれども、そうした思いは全部、集合意識、潜在意識なんですね。

自分を生きていない、周囲を生きているんです。周囲の目に良く思われる自分を演出しているだけなんです。

周囲を生きているというのは、潜在意識を生きているということと同義です。

その生き方では、必ず争いが起きます。

なぜかというと、みんなで同じところを目指しているからです。

みんな、同じところを向いて、先に行こうとするのですから、争いになって当然でしょう。

これが、潜在意識で生きるということの、非常に怖い落とし穴なんですね。

ダメなところは誰でも不安で避けるから、そこから逃げて、いいところに行こうとします。

みんながいいところにいたがるから、争いになるんです。

これが破壊の原理なんです。

集合意識、潜在意識で生きるということで破壊が起きるということを、ご理解いただければと思います。

集合意識を今まで大事にしてきたマーフィーとかカーネギーの時代は物性地球だったので、お金があって、物や知識があるのが幸せ、いい大学に行っていい仕事に就くのが幸せという、集合意識、潜在意識で生きてきました。

むしろ、そのように作られた世界でしか生きられなかったのですね。

殻を破る勇気もなく、破ったら、恐らく生存できなかったのかもしれません、今までは。

今はどうなってきたかというと、人類自体の意識が、殻を破ってもいいんだ、破ったほうがいいんだと、うっすらでもわかってきているのです。

地球は宇宙進化の鍵〜高次からのサポートを最大限に受けるには

もう一つ、皆さんが知らないことは、高次元の存在たちが、殻を破って新しい世界を作るという動きを、ものすごくサポートしてくれているということです。

これが、非常に大きなものなのです。

今まではそのサポートが小さかったので、誰か勇敢な人が試みても集合意識につぶされていました。

でも今は、彼らがワーッと応援してくれるので、新しい世界が成り立とうとしています。

地球が愛と調和の融合となることで、宇宙がまた新しい段階にステップアップできるということを彼らは知っています。

地球は、今、宇宙の鍵となっていますから、応援してくれているのですね。

だから、常識と固定観念という殻を破って飛び出していいということなんです。

潜在意識、集合意識を捨てる、つまり脳ポイする、まさに新しい時代なんですね。

今までは、常識と固定観念を外すのが、捨てるのが怖かったのです。

日本という、世界という社会から外れてしまって、うまく生きていけなくなると思っていたのです。

幸せを追求するには、やはり世間体、常識と固定観念の中で生きていないと、かなわないと思っていました。

そうだと思い込んでいる集合意識、潜在意識が、地球では強烈に強いわけです。

よく、コーチングや自己啓発セミナーを受ける方もいらっしゃいますが、言われるとおりやっていれば、その集合意識の殻の中で、ある程度は達成できると思うんです。

でも、みんな同じ集合意識にいるから、ここで閉塞してしまうんですよ。

ある程度成功したのに、なんで満足できないんだろう、なんで自分の魂はまだ、乾いているんだ、と思う。潜在意識を生かしている限り、魂は、地球の常識で設定された世界にしか行けないわけです。

そこから飛び抜けることができれば、魂は喜ぶんです。

「そう！ ここへ来たかったんだ」と。

魂そのもので生きる～新しい宇宙次元のエネルギーアクション

もう少し、突っ込んだお話をしますね。

今まで破壊されてきて、これからは融合の時代と述べてきましたが、これは、地球次元の話です。

では、宇宙次元ではどうでしょう。

宇宙次元はいつもエネルギーが高いので、上流なのです。宇宙次元のエネルギーレベルで変化があって、地球次元でも目に見える形で変わるんです。

破壊はよくないというのも、地球次元の話であって、もう十分破壊してきたから、２０１９年からは融合に入ります。

新しい宇宙次元のエネルギーのアクションを起こしていく段階です。

それは、宇宙次元の高いエネルギーをもって常識、固定観念を捨て、新しい生き方をするということです。

今まで、一見ハッピーだった、例えば大企業などで、営利第一にやってきた人たち、お金とか物、不動産もそうですが、そんなものを優先してきた人たちには、高次元の宇宙のサポートは入らないので、成り立たなくなります。

新しい融合を作るために、宇宙次元で破壊が起きるからです。

愛と調和とか、目に見えないエネルギーを大事にしている人たちについては、今までどちらかというとマイノリティで肩身が狭いことが多かったのですが、いよいよいい思いができるようになります。高次元からの恩恵を得られるようになるのです。

今まで日の目が当たらなかったけれど、これからは、たくさんの日が当たるようになります。こうした人たちは融合に役立つので、宇宙次元、高次元のサポートが入るからです。

要するに、まず、みんなが勇気を持って、今までの生き方を捨てるということです。捨てると、例えば家族の中でも、一時は不和が起きるでしょう。今まではちゃんとやっていたのに急にできなくなって、なんで？　おかしいじゃないとなります。

けれども、そもそもが常識と固定観念で生きる、イコール、つらいけど我慢してやるということです。

これからは、それを破るように生きていく、自分の魂そのもので生きていきましょう。

つまり、楽で愉しくある、ということですね。

最初は不和が起きても、楽しくやり通せば、その良さを周りが理解して、自分も楽で愉しく生きようと思えるようになります。

多くの方が、みんなが楽で愉しく生き始めたら、世の中、ばらばらになって収拾がつかなくなると思うかもしれませんね。

これが面白いところで、大宇宙の原理では、みんなが好き勝手やっているほうが、ジグソーパズルがバチッとはまるのです。

これが、新しい時代の融合です。

今までは、丸いピースを無理やり合わせていたので、すき間だらけだった、完全な融合ではありませんでした。

宇宙次元になって1回破壊すると、国レベルでも、もちろん破壊は起きます。

例えば日米同盟でも、これまではアメリカの言うことばっかり聞いてきたけれど、日本の魂は売れないから独立する、と決めるとします。すると、アメリカに、もう知らないから勝手にやれって言われて、どこかの国が攻めてくるかもしれません。

でも、その中で、日本人はいいことに目覚めてくると思うんです。

独立個人の時代に入ると、一見ばらばらに見えても、かみ合うんです。

その時代にするには、一番は集合意識、潜在意識を捨てるという勇気。

捨てたらまず、居心地が悪くなり、けんかも争いも起きるでしょう。

一見、これはダメだと思うかもしれませんが、どうか、勇気を持ってください。

一時期そうなっても、次のステップでは必ず、「こんな世界が築けたのだから、やってよかった、やるべきだったんだ」と気づきます。

シリウスの動きの中で迎える最終局面

2019年というこのタイミングで、シリウスの動きがすごく活発化しています。

彼らもよくわかっているんですね、今こそ、そのときだということが。

宇宙パラレルのヒストリーの中で、この次元、私が言うこの中心次元で生きている私たちが、集合意識を共有している世界では、いろいろなステップがありました。

シリウス、レムリア、それからムーもありましたが、アトランティスになって、縄文、アイヌ、それから平安、戦国時代、また江戸時代、世界大戦で、今、最終局面です。

世界大戦で原爆が使われたというのが大きくて、これ以上破壊したら地球は終わるということも、高次元がわかっているわけですね。

地球は、宇宙系の中でも特別な役割、任務があるのです。

地球の存在自体がエネルギー的に、宇宙のバランスを保たせているのです。

地球が完全に消滅してしまうと、宇宙は、平和的に劣ったものになってしまうようです。

原爆が使われたことは、その後に学びがあったという目で見ればいいのですが、3．11の大震災についても、もう起こるべくして設定されていたとも言えるのです。

それまでは人のために生きていたのに、自分の命や生き方について考え直し、目覚めた人がものすごく多いのです。それも、個の目覚めの一環でした。

その後も、台風も含め、いろんな災害が起きています。

特に、２０１８年は多かったですよね。

12月にインドネシアで起こった津波も、高次で設定されていました。

それまでは津波は地震の後に来るという常識があり、潜在意識にもなっていました。

でもその津波は、地震ではなく、火山の噴火によって引き起こされたようです。

これも、常識外であっても、何でも起こりうるということを知らせ、潜在意識を崩させるための宇宙の仕組みだったのです。

たくさんの方が亡くなられているのは本当にお気の毒ですが、やはり魂レベルでは、お役目として亡くなるということは理解されているのです。

今生ではここで幕引きして、また違う生での役割を受け入れ全(まっと)うするのですから、悲しいことではないんです。

マスコミはすぐに悲しい、悲惨と言いますが、魂が望んでいることだから、それでいいのです。

例えば、家族が離れて暮らし、親と子どもが会えないなども、それは悲しいことでしょうが、本質的にはお互いがしたいから、そうしているのです。

本当はこの宇宙では、自分がしたいということしか体験しません。そう設定しているのです。

それがわかると、もう、完全に大覚醒です。

このゼロ秒、ゼロ秒に体験することは、全部自分が設定したこと、ということが腑に落ちれば、大覚醒。

どんな死に方でも、自分がそれを選んだと納得して逝けるわけです。幸せだと思えばいいだけなんです。

いよいよ、全てが目覚めてきています。目に見えないものの大切さも、かなり理解されてきました。

自然災害もそうですが、外国での戦争やいろいろなことがあって、いよいよ個に目覚める時代が来たということです。

ドクタードルフィンの封印解除

このタイミングで、1回開いて閉じるということが必要なのです。

すでに、開いて、エネルギーが入るところまでは来ています。

そして、閉じるタイミングが来たということを、エネルギーで見ている高次もわかっています。

地球人の準備も整いつつあり、ここで、閉じる、くくるが重要なのですね。

いよいよ、ククリヒメの登場です。

ククリヒメは、イザナミとイザナギを仲直りさせたという立役者です。

そういう意味でも、とても大事なお役目を担っておられるのですね。

私も、シリウスや他の高次元のサポートを受けて、お役目を持って今に存在しています。

私が10年前に、アメリカから日本に帰国したのも、彼らに導かれたのです。

父の死という理由を付けられましたが、そうでもなければ戻らなかったでしょう。

帰国してからこれまで、医者という縛りがあって、なかなか自分の思いや望みを発信できずに、もがいていた時期もありました。

それが、ようやく2017年の秋ぐらいから、私、ドクタードルフィンの封印が解けてきたのです。

おおぜいの方が私の考えに、興味を持つようになってくれました。

私の講演会も、いつもとても盛況です。講演会といっても、エンターテインメント色の濃い、ショータイムになっています。

ドクターのお仕事もしていますし、スクールも二つ運営して、イベント、講演会、海外ツアーもあって、そんな活動をしている人間は、なかなかいませんよね。

高次元のサポートのおかげでもありますが、本もたくさん出版できました。

私を見ていたら世の中の動向がわかるので、彼らは私を泳がせているのです。

このことは、全てのいろいろな角度から考えても、そうだとしか思えません。

彼らは私に、エネルギーの変化を目に見える形で見せてくれます。

彼らが変態した宇宙飛行機とかトンビとか、面白いんです。

普通、トンビや飛行機は、飛ぶコースや方向がありますが、私のカメラ動画を通すと、点から点という感じで移動します。

人間の意識が、このコースで飛ぶと、決めているだけなんです。

それは、本質ではないんだよと、彼らは私に見せつけているんです。

3次元では、ここに何かが見えていても、本質はそんなところにはありません。

ここにいると思っても、いないんです。いるという設定をしているから、そう見えるだけなんですね。

最近、そういうことがすごくわかってきました。

高次は、そうしたことも本などで訴えさせるように、私に仕向けているのですね。

秘されていたことが、いよいよ、世に出る時代です。

異次元の本も、パラレルの本も出版させてもらえるという、これも時代でしょう。

いよいよ、くくる時代、くくって現象化する時代がきたのです。

ＤＮＡを書き換えて、地球が光の星に変わる

今までは、空論の学びでした。だから、救われないし、みんな変わらなかったのです。

今年２０１９年からは、くくって、ＤＮＡに乗せて、現象化するんです。

変化はすでに見えています。いろいろな面白いことが起こります。

そして、2020年にオリンピックが日本で開催されるというのは、やはり深い意味があるんですね。

宇宙が仕組んでいるエネルギーグリッド、エネルギーマトリックスの一つで、オリンピックで世界が日本に注目するでしょう。

今年、来年、エネルギー的に、日本ですごいことが起きてきます。日本の役割は、すごいんですよ。

私もそれに絡んで、日本で起きていることを世界に見せつけるため、ワーッと発信するんです。

だから、このままいけば、地球が光の星に変わるんじゃないかと思います。

一方で、消滅するパラレルもあるんですね。

それは、高次元のサポートでこういう流れを作っても、そんなことはあり得ないとガチッて、常識、固定観念にすがって生き続ける人は、そうした集合意識によって滅びる地球に乗っかるんです。

ただ、地球は滅んでも魂は死なないので、それからどこに行くかはわかりません。

パラレルで存在する他の地球でやり直すのか、進化していない地球にもう1回乗り直すのか……。人間以外でやり直すのかもしれません。

一緒に学んでいる私たちは、光る星になった地球にも、一緒にいます。

これを、ノアの方舟というんですね。


シリウスも、私に、面白い映像やエネルギーをたくさん見せてくれています。

2018年のクリスマスの朝に撮った映像は、光がイルカになったり、龍になったりしています。

もっと面白いのは、突然出てきたシリウスの星を撮ったら、点滅したり、ちょっと動くんです。

私は、もうこの星を物質だとは思っていません。

実際、シリウスは非常に高次元なので、存在も半透明なんです。

今年2月に、シリウスに旅行に行くというテーマで小説を書きましたが、彼らはエネルギーなので、本質は半透明なのです。

私がカメラを所有すると、エネルギーがカメラに乗ります。それで写すと、高次元の世界に入って、本質を捉えられます。

彼らは固定しておらず、常に揺れ動いているんです。

英語では、シリウスはドッグスター、犬の星と呼ばれますね。犬のエネルギーがあり、愛着が持てます。

エジプト神話の神のアヌビスも、頭部は黒い犬ですね。あれもシリウスのエネルギーでしょう。

他には、トンビが飛んでいるところを撮ったら、まずは半透明になりました。それから急に、白ハトに変態したんです。そして、白い光になって消えました。

実際は、もとからトンビではなくて、高次元、シリウスだったのです。

トンビはもともと、神様の使者ですが、クロアゲハもそうですね。クロアゲハも完全にスピリチュアルで、シリウスが大好きな形態のようです。

シリウスの遊びは変幻自在

実際の大元のエネルギーは、自由自在です。

私には波動がわかるので、普通に飛んでいるようなトンビでも、これは地球のものではないとすぐに見極められます。

おおぜいで空を見上げたとして、飛行機が見えた場合、集合意識が金属製の飛行機だと思っているから、誰が見ても地球の飛行機に見えるのです。

あれは地球の飛行機だと、何百人、何千人が思ったら、それは飛行機に見えるわけです。

でも、脳ポイしたら、エネルギー体として、光が見えたりするのです。

本当に高次元の世界は自由自在で、場所も時間も固定されていません。

そうした現象を見せることで、彼らが教えてくれているんです。

高次元シリウスが、私にこういう映像を撮らせるので、それをフェイスブックなどにアップすると、みんなが『いいね！』を付けてくれるんですね。

最近、もう毎日のようにアップしているのですが、私のフェイスブックほど面白い世界はないんじゃないかと思います。


こうしている間にも、窓の外にはトンビや白ハトがいっぱい来ています。

彼らはしょっちゅう遊びに来るんです。

そして、本当に自由自在にいろんな形に変身したり、急に消えたり、瞬時に姿を現したりして、全く飽きさせません。

これが、シリウスの遊びなんです。

恐怖の大王はなぜ来なかったのか

さて、ときどき、「アセンションはどうなっていますか」と聞かれます。

『地球人革命』（ナチュラルスピリット）という本を出したのは、6年ぐらい前になりますが、そこにアセンションのことも書きました。

私もちょっとお尻の青い時期で、意気盛んで、現代医学は神への冒涜だとか、吠えていた時期でした。抗がん剤についても、人殺しとか大げさに言ったりしていましたね。

あの本を出したのが、2012年9月で、騒がれていた12月22日直前だったので、アセンションについても触れたのでしたが、あれはノストラダムスの1999年の予言と同じことです。

ノストラダムスの1999年の予言と、アセンションの2012年12月22日は全く同じ原理なんですね。

結局、集合意識なんです。

ノストラダムスの本や、アセンション関連の本を読んだり、巷（ちまた）の情報を聞いたり見たりして、多くの人が恐怖と不安を持っていました。

恐怖と不安というのは、集合意識として一番強いものなんです。

覚えておいてください。集合意識、潜在意識でもいろんな種類があります。

喜びや期待の集合意識、面白い集合意識、悲しい集合意識、愛の集合意識、などなどいろいろあります。

その中で、今のまだ低い地球社会の次元の波動で実現化しやすいのは、不安、恐怖の集合意識なのです。

そこで、予言により作られた、その強い集合意識により、本当に起こるかもしれないとも思っていたのです。

ただ、幸いなことに、まだガチっている地球人が多くて、あんなことは世迷いごとだ、自分たちの世界じゃない、うそつきだとか、うさんくさいと見る人が非常に多かったのですね。

だから、そのとおりにはならなかったというのが一つ。

もう一つは、1999年に恐怖の大王がやってくるといわれ、それまでにいろいろ勉強した人々に、地球に存続してもらうためにエゴで生きないようにしようとか、自然と共存しようなどの動きが出てきて、集合意識がかなり変わったということです。

多くの人が生活の仕方や、いろいろなものを見つめ直し、今までは、便利が大事一辺倒できたところを、スピリチュアル、メンタリティに流れがきていたところでもありました。

それで、大災害が起きないというパラレルに入ったんです。

私の言葉でいうと、パラレルを選んだんですね。

2012年も、とんでもないことが起こるという話があったけれども、特には起こらなかった。

南極と北極が入れ替わるポールシフトとか、フォトンベルト問題などもありましたが、そういうものも集合意識で変えられる、ずらすことができるんです。


ただ、大事なのは、カタストロフ（大変動）が起こっているパラレルも、同時にあったということです。

世界は多次元、パラレルで、意識中心がどこにあるかだけなんですね。

例えば、目の前に誰かがいたとして、ノストラダムスがいうようなカタストロフが絶対に起こるという集合意識に乗っていた場合は、その人の意識中心はそちらに行っています。

ここがその人にとっては、意識中心ではなくなっているので、実は目の前にいるその人もここにいないんです。別のパラレルにいます。

この感覚を理解するのは、難しいかもしれません。

例えば、私と話していたら、私の意識中心がここにあると思うでしょうが、実際はそこにない場合があるのですね。

ある人に対して、すごく深く、魂同士の付き合いを感じるときもあるでしょう。

それは、意識中心がお互いに乗っかっている付き合いなのです。

この人、私の話聞いているのかしら、とか、何か合わないなという場合は、相手の意識中心が乗っていない可能性があります。そういうふうにできているんですね。

じゃあ、その人たちはどこに行ったのと思うでしょうが、そこにいるんです。

そこにいても、意識中心は、ノストラダムスの預言や、２０１２年に懸念されていたような世界に行っちゃっている人たちがいるわけです。

実際、この地球に本当にグラウンディングするというのは、そういう意味でとても大事なんです。

グラウンディングは、地球の叡智を受けているということ

グラウンディングの力が強いと、意識中心をはっきりとそこへ置いておけるんです。グラウンディングの力が弱いと、意識中心が他のところに行ってしまうことがあり、本来の自分とはいえないのです。

そういう意味でいうと、街中に地球人はたくさん歩いていますが、意識中心が乗っているかどうかはわかりません。人に見えていても、本当はただの抜け殻かもしれません。

抜け殻率が、例えばゼロパーセントであれば意識中心率は100パーセントとなり、そこに完全にいることになります。

抜け殻率100パーセントですと、本当に単なる抜け殻で、一応、話くらいはしますが、意識中心率はゼロということです。

相互にハッピーであろうとするなら、自分も相手も意識中心率が100パーセントであり、そこで影響し合うということです。

『多次元パラレル自分宇宙』を読んでいただければもっと詳しく書いてありますが、パラレルは同時存在していて、つまりは、自分がどこを選んだかということになるんです。

結局、自分だけの世界ということになります。

ノストラダムスにしてもアセンションにしても、そのエックスデーに自分がいるところが、自分が選んだところなんです。

周りの人が、同じところを選んだかどうか、つまり意識中心がそこにあるかどうかわからないということはありますが、家族ぐらい濃密な間柄でしたら、同じところでグラウンディングしていることがほとんどです。

ただ、家族でも魂のコネクション度が低いこともありますから、その場合は別のパラレルを生きることもあるでしょう。

グラウンディングというのは、私が最近よく言うように、地球の叡智を受けているということです。

あまり知られていない話ですが、太古の時代の恐竜には、尾てい骨のところに第二の松果体、第二の脳がありました。

第二の松果体は、地球の叡智、つまり水、土、水晶などの石、微生物、虫、植物、動物、人間、そして神様、全ての生命の集合体のガイア意識を受けとります。

第一の松果体には、宇宙の叡智が入っています。宇宙の叡智は、どのように生きるかというハウツーをくれるんです。それを起動するパワーは、地球の叡智から入ってきます。

両方を受けて、生きることが成り立っているのです。

人間にも第二の松果体があるのですが、今は透明で、霊性松果体なのです。

グラウンディングしてハートをオープンにすることで、天（宇宙）ともコネクションができ、天地人の万物の融合となって、地球でもハッピーに存在できます。ガイアのエネルギーを存分に受けとれるようになるのです。

その縦軸があって初めて、横軸ができて、クロス（十字）になります。

オープンハートになることで、ハートとハートで付き合えるようになるわけです。

今までは、へそ下の丹田で付き合っていたからロークロス（低いクロス）でした。

それは、生きるための付き合いだったのです。

今からは、ハートで交わるハイクロス（高いクロス）になります。愛でつながるのです。

グラウンディングができれば、地殻、海なども含めた地球に応援、サポートされるだけでなく、宇宙の生命たちにもそうされます。

地球に応援され、宇宙にも応援されて、初めて人間としてハッピーになれます。

つまり、オープンハートがキーになるわけです。

天地人状態になるには～地球の生命たちの意識

地球に応援されること、これはとても大切なことです。

地球を愛して、地球と仲良くすることによって、しっかりとグラウンディングでき、地球のサポートが入ります。

すると、不安や恐怖心なしに、力強く、安定して生きることができるのです。

それが、地球の叡智を得るということでもあります。

地球の叡智を得ることで、全てが大丈夫という感覚になる。宇宙の叡智を松果体でつなげることによって、完璧だという考え方になる。

大丈夫だ、完璧だ、自分は愛であふれている、これで完成、天地人状態です。


集合意識、潜在意識というのは、人間だけの話ではありません。

微生物などは、圧倒的に数が多いので、場合によっては人間よりも強力なんです。

微生物とかプランクトン、魚や植物にも意識があります。

水晶などの鉱物の意識もすごいのです。

彼らの集合意識、潜在意識が人類に与える影響も大きいので、彼らと相思相愛の中、共存する、人類だけ良ければいいのではなく、彼らも喜べるようにしてあげるのが大事です。


本書では、脳ポイして、潜在意識を捨てなさいということを述べてきました。

究極的には、人間以外の地球の生命たちの意識も入っています。

完全に脳ポイすれば、そうした潜在意識も全て捨てられるのですが、そうなると着ているものも全部ポイして、裸で走り回るような人になってしまいます。

それではやはり、まだ問題がありますので、ある程度は脳を残しておかないといけないですね。

それだったら、潜在意識にも応援されるほうがいいということです。

応援されるには、自分を愛すること。地球を愛すること。もう一つは神様を敬うこと。この三つです。

人類の集合意識を味方に付けようと思ったら、神様を味方に付ければいいんです。神というのは、それを信じている人、意識している人の集合意識でできているので、神にフォーカスすれば、ゼロ秒で全部が変わります。

神様に喜んでいただいて、味方に付いてもらえれば、集合意識も全部味方に付きます。

レムリアについてもそうですが、女王の封印を解くことで、レムリアのエネルギー体たちが私のサポートに付いてくれているという感じです。

そうしたことが、これからの人類の進化に大きく関わっていきます。

あとがき――緩くて軽い時代の到来

最近、地球次元の活動をしても、面白くないなと感じています。

高次元の世界を見ると、地球では幻想を見せられているということがよくわかります。

その本筋を見ていくと、すごく面白くなってくるのですが、もともと地球次元ではガチるように、もがくように、できているのです。

空を飛んでいるものに関して、潜在意識がトンビだと思ったら、トンビであり続けます。

私は、変わるかもしれないと思って見ていますから、目の前で姿が変わるわけです。

トンビが半透明になり、急に、白ハトに変化し、白い光になって消えるという現象が起きます。

物質レベルでも、透明な無から普通の物質まで、高次では自由自在に創作できるのですね。


私たちも、「超潜在意識」でいれば、面白いものを見れるようになってきます。トンビだってゼロ秒でハトに変われるのですから、あなたも変われないわけがない、好きな自分になることができます。


先述しましたが、これからの地球人が集合意識で向かう方向は、高次元の生命体と同様に、あまり食事を摂らなくなっていく世界です。

また、フリーエネルギーが実現して、エネルギーを空間からでも取り込めるようになり、エネルギー問題で困ることはなくなります。

そして、反重力を使うことで、移動にもほとんどエネルギーを使わなくなります。

意思疎通という点では、今まではお互いに考えていることがわからない世界でしたが、高次元シリウスのように、人の考えが目に見えるように感じられるようになります。

そうなると、争いも起こらない世界になるでしょう。

エネルギー消費の少ない、緩い時代、軽い時代の到来です。

お金という概念もなくなってきて、学歴や偏差値というものもなくなるでしょう。

現時点では「優秀」と評価されている人、「素晴らしい」と言われている人も、価値を持たなくなるでしょう。

そして、自分を犠牲にしてでも他人を幸せにしようとする人は、宇宙が求める人ではありません。

世界中の人々が愛と調和で生きられる日も近いので、高次元のサポートを存分に受けられるように、ぷあぷあと、潜在意識オフ、幸せＤＮＡオンでいきましょう。

ドクタードルフィン
松久 正プロフィール
Tadashi Matsuhisa

∞ ishi 鎌倉ドクタードルフィン診療所院長。日本整形外科学会認定整形外科専門医。日本医師会認定健康スポーツ医。
米国公認ドクター オブ カイロプラクティック。慶應義塾大学医学部卒業、米国パーマーカイロプラクティック大学卒業。地球社会と地球人類の封印を解き覚醒させる使命を持つ。人生と身体のシナリオを修正・書き換え、もがかずに楽で愉しい「お喜び様」「ぷあぷあ」新地球人を創造する。高次元シリウスのサポートで完成された超次元・超時空間松果体覚醒医学 ∞ IGAKU の診療には、全国各地・海外からの新規患者予約が数年待ち。超時空間遠隔医学を世に発信する。世界で今もっとも時代の波に乗るドクターである。
著書に『シリウス旅行記』(ヴォイス)『松果体革命』『Dr.ドルフィンの地球人革命』『地球人革命』(以上ナチュラルスピリット)、『多次元パラレル自分宇宙：望む自分になれるんだ！』(以上徳間書店)『高次元DNAコード』『シリウス超医学』『水晶(珪素)化する地球人の秘密』(以上ヒカルランド)『ワクワクからぷあぷあへ ―「楽で愉しく生きる」新地球人になる魔法 ―』(ライトワーカー)『「首の後ろを押す」と病気が勝手に治りだす（神経の流れを正せば奇跡が起こる）』『「首の後ろを押す」と病気が治る―神経のつまりを取ると奇跡が起こる！』(以上マキノ出版) 等多数。

幸せDNAをオンにするには
潜在意識を眠らせなさい

ドクタードルフィン 松久 正

明窓出版

平成三一年四月十五日　初刷発行

発行者――麻生 真澄

〒一六四―〇〇一二
東京都中野区本町六―二七―一三
電話　（〇三）三三八〇―八三〇三
FAX（〇三）三三八〇―六四二四

印刷所――中央精版印刷株式会社

落丁・乱丁はお取り替えいたします。
定価はカバーに表示してあります。
2019 © Tadashi Matsuhisa
Printed in Japan

ISBN978-4-89634-398-4

本講演会を受講された方全員への **参加特典**

対談本新刊プレゼント そしてさらに…

❶ **異次元ピラミッドエネルギー注入パワーストーン** by 保江先生 & ドクタードルフィン

❷ スペシャル高次元 DNA コード
『異次元スペースシップコード』のコードイン
by ドクタードルフィン

日　時

2019 年 4 月 13 日(土) 14：30 開演

場　所

浜離宮朝日ホール（小ホール）

東京都中央区築地5丁目3−2 朝日新聞東京本社 新館
都営大江戸線「築地市場駅」すぐ
東京メトロ日比谷線「築地駅」より徒歩 8 分
東京メトロ日比谷線 / 都営浅草線「東銀座駅」より徒歩 8 分

受講料

2 万円
※お振込み先は、お申し込みフォームまたは、お電話にてご案内いたします。（お申し込み方法は下記をご参照ください）

申し込み方法

右のQRコードからフォームにアクセスの上、お申込ください。【 http://urx.blue/Q3M7 】

明窓出版ホームページ からでもフォームにアクセスいただけます。

〈 お電話でのお申し込み 〉
平日月曜から木曜まで 13：00〜17：00
TEL 03-3380-8303 / FAX 03-3380-6424

対談本出版記念

『異次元スペースシップ講演会』開催！

保江邦夫先生

&

ドクタードルフィン
松久 正先生

ピラミッド次元転移封印解除!
セミナー会場が、
あの王の間に繋がる!

超高次元松果体 DNA手術による
ゼロ秒超時空間覚醒体験！
スペースシップ会場と共に貴方は
多次元パラレル変換します!!

保江邦夫先生プロフィール

岡山県生まれ。東北大学で天文学、京都大学大学院、名古屋大学大学院で理論物理学を学ぶ。ジュネーブ大学理論物理学科講師を経て、ノートルダム清心女子大学教授、名誉教授。生死の境をさまよう大病をマリア様への帰依で乗り越えて以来、数々の奇跡を体験。故エスタニスラウ神父様よりキリスト伝来の活人術「冠光寺眞法」を継承し、東京、岡山、名古屋、神戸で活人術道場を開催。伯家神道神事研究会主宰でもある。著書に『神代到来』『神の物理学』（海鳴社）、『ついに、愛の宇宙方程式が解けました』（徳間書店）、『置かれた場所で咲いた渡辺和子シスターの生涯』（マキノ出版）等多数。

当日スケジュール

14:00～14:30	開場・受付
14:30～15:10	保江先生 & 松久先生対談
15:10～16:10	保江先生セミナー
16:30～17:30	松久先生セミナー
17:30～	サイン&握手会

神様がくれた たった一つの宇宙の法則

上江洲（うえず） 義秀（よしひで）

長い間にわたる明想（瞑想）によって《完全覚醒》を果たし、日本はもとよりアメリカ、中国など、世界各国で講演活動を行い、十万人を遥かに超える人々を癒し続ける聖者・上江洲義秀氏。

《幸せとは》《愛とは》《魂とは》《結婚とは》《赦しとは》《自分とは》といった、私たちが生きていく中で必ず直面する《目に見えないものへの疑問や不安》に対し、完全覚者・上江洲氏が到達した、たった一つの法則。

◎第1章 愛は完全なる法則
記憶と記録 / 生まれ変わりを認める
真の仏壇 / 守護神
病の本質 / 気の力
あなたがあなたであること / 自分を愛すとは

◎第2章 自他一体
一命一体自他一体 / 隣 人
恋 愛 / 結 婚 / 親和力
差別について / 分離感と識別
赦す難しさ / 現象からの学び
内と外 / 愛着と執着（他）

本体価格　1360円

なぜ祈りの力で病気が消えるのか？
いま明かされる想いのかがく

花咲てるみ

医師学会において「祈りの研究」が進み、古来より人間が続けてきた祈りが科学として認められつつあります。

なぜ様々な病状は祈りで軽減され、治癒に向かうのか?

病気の不安から解放されるばかりか、人生の目的に迫ることができます。


（アマゾンレビューより）★★★★★すべてのひとに読んでもらいたい本
「なぜ祈りの力で病気が消えるのか？」というタイトルではありますが、病気以外についての内容もたくさん書いてあります。

優しい語り口で書かれているのでどんな人が読んでも心穏やかになれる本だと思います。

怒っている時、焦っている時に限って嫌なことが起こる理由。

神社やお寺に行くと心がすっきりする理由。

引き寄せの法則などなど。

スピリチュアルなことから日常のことまで書かれている本です。

あっという間に読みすすめられます。

「病気は『気付き』を与えるためのサイン」

病気で苦しんでいる人、日々のちょっとしたことでモヤモヤとしている人におすすめしたい本です。

本体価格　1350円

祈りが護る國
アラヒトガミの霊力をふたたび

保江邦夫

改元後の世界を示す衝撃の「真・天皇論」

戦前、アラヒトガミ(現人神)と言われた天皇。事実、天皇家には代々伝わる霊力があり、そのお力で厄災から、日本、そして日本国民を護り続けてきました。
2019年5月の生前退位により、その潜在的な霊力を引き継がれる皇太子殿下が新天皇に即位。次の御代は、アラヒトガミの強大な霊力が再びふるわれ、神の国日本が再顕現されるのです。

「神様に溺愛される世界的物理学者」保江邦夫氏がこれまでに知り得た、《天皇が唱える祝詞の力》さらには《天皇が操縦されていた「天之浮船」(UFO)》etc.についての驚愕の事実を一挙に公開。また、《エリア51＆52の真実》や《UFOとの遭遇》など、宇宙につながる話も多数収録されています。

天皇による祝詞の力／AIエンペラーの凄まじい霊力／人間もUFOも瞬間移動できる／UFOとの初めての遭遇／深夜の砂漠でカーチェイス／アメリカ政府による巧妙な罠／エリア51の真実／デンバー空港の地下にかくまわれている宇宙人／陸軍特殊部隊で運用されているUFO／縄文人はレムリア大陸から脱出した金星人だった／謎の御陵に立つ／帰ってきた吉備真備／現代の金星人ネットワーク（目次より抜粋）　本体価格 1800円